Valsa para Bruno Stein

Charles Kiefer

Valsa para Bruno Stein

edição revista

EDITORA RECORD
RIO DE JANEIRO • SÃO PAULO
2006

CIP-Brasil. Catalogação-na-fonte
Sindicato Nacional dos Editores de Livros, RJ.

Kiefer, Charles, 1958-
K58v Valsa para Bruno Stein / Charles Kiefer. – 8ª ed. – Rio de
8ª ed. Janeiro: Record, 2006.

ISBN 85-01-07469-1

1. Romance brasileiro. I. Título.

CDD – 869.93
06-1552 CDU – 821.134.3(81)-3

8ª edição revista (1ª edição Record)

Impresso no Brasil

ISBN 85-01-07469-1

PEDIDOS PELO REEMBOLSO POSTAL
Caixa Postal 23.052
Rio de Janeiro, RJ – 20922-970

Para
Deonísio da Silva
Moacyr Scliar
Regina Zilberman

"Grau, teurer freund, ist alle theorie
und grün das Lebens goldner Baum!"

GOETHE, *I FAUSTO*

"Cinza, meu caro amigo, é toda a teoria / e verdes os dourados frutos da árvore da vida!"

Primeira Parte

FIGURA ANGELICAL

"Ich sag es dir: ein Kerl, der spekuliert,
Ist wie ein Tier, auf dürrer Heide
Von einem bösen Geist im Kreis herumgeführt,
Und ringsumher liegst schöne grüne Weide."

Goethe, *I Fausto*

"Um tipo que especula mais parece / em círculos, no ermo, um animal / guiado pela mão de um gênio mau / enquanto em torno o campo reverdece."

1

Restavam poucos prazeres na vida do oleiro Bruno Stein: o fumo, a leitura, a música e a paixão de modelar. Os vícios do tabaco, dos livros e dos sons adquirira-os na adolescência, influenciado pelo pai, mas o da arte sobreviera-lhe na velhice, sem que ninguém o provocasse, desfecho de uma longa vida de atribulações e angústia, fruto talvez da compreensão inconsciente de sua incapacidade de moldar o mundo e os seres ao seu redor. O primeiro, encurtava-lhe a respiração, e, além de impregnar o corpo e as roupas com o cheiro acre de cigarro, abominado por Olga, a esposa, e por Verônica, a neta mais velha, provocava-lhe uma tosse seca e constante; o segundo, enfraquecia-lhe as vistas; o terceiro, aliviava-o das tensões diárias; e o quarto, deixava-o, a um só tempo, em estado de exaltação e depressão, porque se era capaz de transformar a massa amorfa em formas harmônicas, não lhe podia insuflar vida e, por mais próximos que os seus bonecos estivessem da realidade, jamais respirariam, não passariam nunca de caricaturas.

Sua arte nascera sem propósito, fruto do ócio.

Pouco dado a freqüentar os bares do povoado, as corridas de cavalo, os rinhadeiros e as canchas de bocha, por timidez e espírito calvinista que em tudo via dissolução e pecado, passava os finais de semana em casa a ler, a tomar banho de sol, escorado à parede de alvenaria no inverno, ou protegido dele, à sombra, nas tardes de verão. Nas manhãs de domingo, ia ao culto, na vila. Era o único dia em que se afastava da olaria.

Uma tarde, sentado sob o eucalipto, sem que percebesse, seus dedos transformaram uma porção de barro em tosca figura, algo pouco definido, entre cão e gato. Foi moldando, aperfeiçoando os membros, diminuindo o volume da cabeça, acrescentando orelhas e focinho, até chegar à razoável semelhança com um buldogue. Depois dessa primeira peça (que conservava na cristaleira da sala, mas que gerava inúmeras discussões com Olga, que a detestava, pois além de ser muito feia, ela dizia ocupar o espaço de uma verdadeira estatueta, dessas de porcelana ou gesso produzidas em série e vendidas em todos os bazares de Pau-d'Arco), Bruno moldou milhares de animais e aves, insetos e peixes, seres minúsculos, bem acabados, alguns crus, outros queimados e recobertos com vidro (processo complicado, descoberta de que muito se orgulhava e que mantinha em segredo, embora o soubesse inútil), com os quais presenteava amigos e parentes que porventura o visitavam.

A modelagem de seres humanos, no entanto, era coisa recente, surpresa que pretendia fazer à família na passagem de seu septuagésimo aniversário, em 23 de fevereiro. Os bustos de Olga, Valéria, Luís, Sandra, Luísa e Eunice estavam concluídos, inclusive a sua auto-escultura. Verônica, contudo, resistia. Verônica não se deixava aprisionar. Teve ímpetos de destruí-la. Há duas semanas tentava, inutilmente, moldar-lhe o rosto. Quando acertava o nariz, descobria uma imperfeição na boca, como se a neta tivesse a face líquida e cambiante. Afastou-se um pouco da obra, fitou-a de todos os ângulos. Enfim, cansado de lutar com as próprias mãos, desistiu. Fechou o galpão a chave e foi sentar-se sob o eucalipto.

A brisa espalhava um olor adocicado e refrescante, que se misturava ao perfume de rosas e cravos do pequeno jardim em frente a casa. Olhando para as nuvens que se deslocavam pesadas, sem nenhuma pressa, para além das terras de Alfredo Müller, muito além, Bruno concluiu que buscavam chuva, mais dois ou três dias e retornariam escuras, carregadas. Era como se os seus próprios ossos pressentissem o mau tempo, pareciam retirar a umidade do ar. As juntas, nas horas que antecediam um aguaceiro, tornavam-se avermelhadas, engrossavam. Já fizera de tudo, da curandeira ao médico, do chá de alecrim ao álcool canforado, mas nada parecia aliviar-lhe o tormento. Era o tempo ameaçar chuva e ele se punha a gemer. Acreditava que o reumatismo fosse efeito dos anos que passara nos alagados, as pernas com água pelos joelhos e o sol no lombo, o suor a escorrer e a secar ainda no corpo, enquanto ia arrancando o barro com que faria, depois, os tijolos na olaria.

À medida que envelhecia, multiplicavam-se as recordações da infância, lembrava-se de detalhes que supunha soterrados na memória, sutilezas que só agora, passados tantos anos, era capaz de identificar. Fechou os olhos, inspirou profundamente a fumaça do cigarro, e como que reconstituiu a velha casa de enxaimel e pedra de granito em que nascera, o limoeiro próximo à janela da cozinha, o quintal onde pastava a única vaca que possuíam, o sótão onde eram guardados as espigas de milho e o pouco feno que a família conseguia colher. Um tanto mais de esforço e recompunha também os traços da mãe, a sua assustadora magreza, magreza que lhe deixava o corpo pontudo sob o puído vestido de tergalina, as mãos trêmulas, do câncer que lhe devorava os intestinos, doença que ele próprio temera a vida toda e à qual se julgara fadado por força de algum vaticínio, e que, no entanto, jamais o atingiria. O problema que o haveria de abater, sabia-o agora, era o coração. Neste ponto, as imagens se diluíam, fugiam, e sobrepunha-se a recordação dos sons do violino do pai, músico frustrado e humilde professor primário, talvez porque Bruno, conhecedor de música, fosse capaz de compor o pentagrama e as notações no próprio pensamento. Aos poucos, a imagem do pai se configurava, um caniço vacilante, magro em excesso, de mãos finas e azuladas, face consumida, chupada, vítima também de um câncer, o medonho vício do álcool, que o fazia transformar-se em monstro. No entanto, sóbrio, o pai era afável, amoroso, quieto (vergonha talvez), um homem capaz de devolver ao ninho um filhote de canário, capaz de chorar a morte de um gato, deixar um rato escapulir para não ter de matá-lo. A dupla personalidade do pai levava o velho oleiro a meditar sobre a triste condição do homem, miserável ser dividido entre o mal, congênito, e o bem, conquistado a duras penas. Que força terrível era aquela que o arrastava à bebida, ao descalabro, à inconsciência. Força superior à vontade, como o próprio pai afirmava nos momentos de lúcido arrependimento em que ficava a se maldizer, energia incontrolável que se apossava do seu braço e o fazia descer sem piedade sobre o corpo da mulher esquálida. Bruno podia ouvir, com impressionante nitidez, os gemidos da mãe, a atravessar mais de meio século e a misturar-se ao farfalhar do vento nas folhas do eucalipto, gemidos que se misturavam ainda ao mugir distante das vacas e aos outros tantos ruídos do final de tarde. Conseguia, enfim, determinar o timbre exato dos lamentos que o perseguiam em sonhos e que o levavam a gritar no meio da noite, banhado em suor e pânico, mas que naufragavam, pela manhã, nas brumas do esquecimento, acomodando-se nas profundezas do subconsciente. Não precisaria mais fugir, sabia agora a origem de seu terror noturno, da indescritível angústia e dos pesadelos reiterados. Ódio e compaixão misturaram-se no seu íntimo, e saudade. Apertou o cigarro entre os dedos polegar e indicador, arrepiou-se. O pai estava ali, na repetição daquele seu gesto, porque não era esta a sua forma de fumar. Sucedia, às vezes, de ver-se em Luís, nalgum de seus trejeitos. Por certo também o filho deparava-se consigo próprio nas filhas, como elas iriam encontrar-se nas suas, quando as tivessem.

Do local em que se encontrava, sem precisar torcer o pescoço, podia ver não só a fábrica, mas ainda os galpões, o forno, o açude, as árvores frutíferas, a casa velha, o galinheiro, a horta, a residência atual e o jardim em que Olga passava grande parte de suas horas vagas. Bruno estimava sobremodo o fruto de seu trabalho e jactava-se de ter conseguido manter a indústria por mais de quarenta anos, sem jamais recorrer a empréstimos bancários ou concordatas. Os anos da Segunda Grande Guerra haviam sido os mais difíceis, não só pela crise econômica, o racionamento e a expectativa, mas, sobretudo, pela perseguição política. Recordava-se com rancor de um episódio daquela época. Um desafeto, que sabia que falavam alemão na intimidade, aproximou-se da residência, acompanhado de um sargento getulista, e puseram-se ambos a ouvir a conversação noturna da família. Precavido, Bruno abstinha-se de falar na língua de seus ancestrais, mas Olga, porque tinha pouco contato com a língua portuguesa, e porque se recusava a crer que a lei estúpida pudesse vir a ser cumprida, incorria no erro de falá-la. No mesmo instante a casa foi invadida, o sargento de arma em punho gritava que estavam todos presos. Bruno, estarrecido ante o arbítrio, não teve alternativa a não ser convencê-los de que bastava que ele, o chefe da casa, os acompanhasse à delegacia de Pau-d'Arco. Pernoitou numa cela imunda, um cubículo transformado em prisão. O caso valeu-lhe meses de desgostos e entraves na indústria. Dias de agonia, em que remoeu a cólera e chegou ao cúmulo de pensar em adquirir uma arma para proteger a família. Optou, enfim, e com maior acerto, por cães amestrados, para impedir que covardes se aproximassem da casa. A turbulência da guerra amainou, veio o desenvolvimento e o desafogo financeiro, a produção cresceu vertiginosamente, a raiva sumiu sob a euforia do progresso, a lei foi revogada, mas o hábito de ter animais ferozes ficou. Agora, eles rondavam a casa, farejavam estranhos e espantavam freqüentes ladrões de galinha.

O pôr-de-sol foi se embotando, virou rosa, lilás, enfim azul, e a noite veio subindo por trás das terras de Alfredo, enquanto os grilos estúpidos raspavam as longas pernas. Bruno Stein descia no tempo, emergia quase sem fôlego, e fumava um cigarro atrás do outro, alheio à proibição do médico.

2

Gabriel tinha caminhado o dia inteiro. Vinha agora pela margem, longe do leito de poeira quente, costeando a resteva de soja. Súbito, volutas de poeira ergueram-se na estrada, destacaram-se contra o luminoso céu de verão, céu sem nuvens, de intenso azul. O redemoinho sorveu o pó, os gravetos mais leves e as folhas esturricadas e espalhou-se pelo campo. O caminhante parou, fechou os olhos, fez o sinal-da-cruz e protegeu o nariz do corrupio do vento. Reabriu os olhos depois de passada a ventania e continuou a andar, evitando pisar os perigosos estrepes da colheita recente.

Estava desde a madrugada nessa romaria, de propriedade em propriedade, sem um pedaço de pão no estômago, a boca ressequida. Um lume de esperança se acendera com a informação, vaga, desencontrada, de que na olaria Stein havia trabalho. Mais cinco quilômetros para alcançá-la, fossem exatas as informações colhidas no caminho. Estugou o passo. Seus movimentos eram desajeitados, balançava-se ao caminhar, braços e pernas em descompasso, a impressão de que iria desconjuntar-se a qualquer instante. Tinha o corpo anguloso, magro, a cabeça enorme, o rosto marcado por cataporas, a tez morena, o nariz amassado, de traços indiáticos e olhos escuros.

O sol derramava ainda claridade sobre os campos desnudos, mas era uma claridade difusa, morrente, e o vento soprava brando, refrescando o calor insuportável. A camisa volta-ao-mundo colava-se à pele, manchada de poeira sob as axilas e ao redor do pescoço. Um pouco mais e seria noite completa. Não era bom continuar na estrada depois do sol sumir, havia cães ferozes nas redondezas.

Enfim, algum tempo depois, do alto da colina, conseguiu distinguir a olaria. Correu alguns metros, parou. Não queria chegar ofegante, podia dar a impressão de estar fugindo de alguma coisa. *Não ter medo. Eles só atacam quem tem medo. É o medo que dá coragem a eles.*

Aproximou-se do aglomerado de casas e galpões respirando fundo, procurava controlar-se. Três buldogues, bocas escancaradas, aproximaram-se, correram ao seu redor, a cada volta reduzindo a distância, preparando-se para o ataque. *Não ter medo...* De repente, uma voz repreendeu os animais, chamando-os pelos nomes. Os latidos cessaram e os cães se afastaram, abaixaram as caudas e roçaram os focinhos no chão, como se o cheirassem. Gabriel avançou, titubeante, guiando-se pela voz do homem. O ar estava impregnado pelo cheiro de eucalipto.

— Ô de casa — saudou com voz trêmula.

— Quem vem lá? — ouviu em resposta.

— É de paz — exclamou.

— Pode entrar — disse a voz, rouca e um pouco trêmula também. — O portão está aberto — continuou.

Gabriel tentou localizar o homem, mas não conseguiu, a luz jorrava da porta da casa para a noite, cegando-o.

— Aqui — disse Bruno, escorado à parede, equilibrando a cadeira em dois pés apenas.

Gabriel apertou a trouxa sob o braço esquerdo e, com o direito, empurrou o portão encostado. Arrepiou-se ao ouvir o rangido dos gonzos enferrujados.

3

Um pouco antes do ranger dos gonzos, Bruno ouviu o som cavo dos tamancos de Olga, que esmagavam o cascalho no seu passo curto e cadenciado. A mulher fez menção de deter-se, mas prosseguiu, a balançar um balde vazio. O oleiro fitou-a pelas costas, enquanto ela entrava no estábulo. Valéria tentara, muitas vezes, convencê-la a transferir-lhe a ordenha, e recebera em troca semanas de casmurrice. Bruno sorriu à lembrança. Em vinte anos de convívio, a esposa jamais diminuíra a hostilidade, continuava a considerar a nora uma intrusa, alguém que viera roubar-lhe não só o filho, mas o *seu* direito de legislar sobre os afazeres da casa. Bruno a entendia, porque também ele não se rendia às pretensões de Luís de dirigir a fábrica.

— Precisamos modernizar — dizia-lhe o filho.

— Sei o que faço — respondia agressivo. — Fosse por você, eu e sua mãe estaríamos num asilo.

Sentiu os ossos doerem do longo tempo que estivera sentado, por isso havia se levantado. Não, enquanto ainda conseguisse caminhar, não entregaria o posto. O que não queria era ficar entrevado, à mercê da solidariedade alheia, ser um peso morto para a família. Quando *ele* viesse, que fosse fulminante. Antes de dar o primeiro passo, percorreu a propriedade com os olhos e sentiu-os marejados. Não queria abandonar tudo assim. Pudesse, viveria ainda duzentos ou trezentos anos. Por maiores que fossem as dores e as aflições, o cansaço e a fraqueza, amava estar vivo. Esforçava-se por não deixar que a revolta se aninhasse no seu espírito, não discutia as determinações de Deus, não queria pecar por insubmissão. Atravessou o terreiro sem dar atenção aos cães que o bajulavam.

— Fiz chimarrão novo — disse Valéria, indicando-lhe a cuia no suporte assim que entrou na cozinha. — Quer?

— Só um — respondeu —, senão fico sem dormir.

— Bobagem — retrucou a nora.

— É verdade, café e chimarrão agitam os meus nervos.

Valéria riu.

Bruno percebia um quê de meninice e inconseqüência no riso cristalino da mulher de Luís, impróprio para a sua idade.

Valéria deixou-o na cozinha, reuniu-se às filhas na sala para a novela das sete, enquanto ele se trancava no escritório, longe do ruído da televisão. A minúscula peça em que amiúde se refugiava fora construída para servir de copa. Com a chegada da energia elétrica, a geladeira e o *freezer* substituíram as latas de banha onde eram conservadas as carnes. A facilidade com que agora se ia à cidade colaborara também para que a despensa se tornasse um quarto abandonado. Conservara a prateleira das compotas e licores de Olga, acrescentara a escrivaninha e a cadeira. Quando a televisão substituíra a velha eletrola, trouxera-a para o *refúgio* sem que ninguém percebesse. O sofá fora presente de Valéria, depois que Luís resolvera comprar um jogo novo para a sala.

Um pouco antes do ranger dos gonzos, Bruno fizera algumas anotações nos livros de contabilidade, somara os adiantamentos de Erandi e Mário. O mulato, em apenas três semanas, consumira já o salário, precisava cortar-lhe o vale ou reduzi-lo ao mínimo. Questão de raça, concluía. Já Mário tinha no sangue o espírito de economia, pensava Bruno, o controle sobre si mesmo. Erandi, por sua vez, era desregrado, impertinente e arrogante. Não o despedia porque havia dez anos trabalhava na fábrica sem carteira assinada e, com freqüência, entre uma frase e outra, o mulato fazia questão de lhe lembrar a existência do Ministério do Trabalho. Um problema a ser resolvido com paciência, sem atrito. Teria de mexer no vespeiro, arrancá-lo da cumeeira, sem excitar os insetos. Fumaça, atiçá-los com fumaça, dizia para si mesmo, deixá-los furiosos e confusos, até que abandonem o ninho, é assim que se faz. A pena da caneta, rombuda, não permitia que desenhasse as letras como seria de seu agrado. Tentara usar esferográfica, mas não conseguira adaptar-se. Parecia-lhe que todas as coisas iam perdendo a qualidade, o plástico substituía o couro; a tinta seca, a molhada; o desregramento, a virtude. Guardou tudo na gaveta, tinteiro, mata-borrão, caneta e livros de contabilidade. Passou uma flanela sobre o tampo da escrivaninha. Quando a julgou bem lustrada, sem que apresentasse manchas, de forma que inclinando a própria cabeça pudesse ver-se no tampo brilhante, apanhou o *Fausto*, do Goethe ainda jovem, e abriu-o ao acaso.

"Que vejo? Ante meus olhos figura angelical
Ressurge nesse espelho estranho, misterioso!"

Um pouco antes do ranger dos gonzos, fechara o livro lentamente. Fosse a Bíblia, Bruno diria que o elogio partira de Deus. Tentava imaginar a opinião d'Ele a seu respeito. Não seria ele um Jó moderno? Sim, ainda que o Criador derrubasse os seus galpões, arrasasse as suas plantações e o ferisse com doença terrível, não declinaria o seu amor e devoção.

Algum tempo depois, mas antes do ranger dos gonzos enferrujados, vieram chamá-lo para o jantar. Comeu em silêncio, irritado porque a televisão continuava ligada, sequer à mesa havia trégua. Carregou a cadeira consigo e, evitando atravessar a sala, desceu pela escadinha da varanda, contornou a casa e sentou-se próximo ao jardim de Olga, escorado contra a parede ainda quente do sol da tarde.

Dormitou.

O ladrar dos cães sobressaltou-o.

— Rex, Tom, Lessie.

— Ô de casa — disse alguém.

— Quem vem lá? — perguntou.

Preciso botar óleo nessa porcaria, pensou, e prometeu a si mesmo que o faria na manhã seguinte.

4

Gabriel espichou as pernas, satisfeito. A lamparina esfumaçava o quarto, impregnava-o com o cheiro enjoativo do querosene queimado. Mesmo assim preferia mantê-la acesa, para ter a certeza de que não estava sonhando, de que além da cama, onde podia descansar o corpo castigado pelas andanças do dia, era também verdade que agora tinha um emprego, não dependeria mais das capinas minguadas e das empreitadas mal-pagas. Não odiaria mais o tempo, porque mesmo com chuva receberia o seu dinheiro. Sorte a sua, há poucos dias o velho despedira um funcionário.

— Um relapso — dissera ele.

Gabriel não entendeu.

— Um anarquista — continuara o homem.

Usava palavras difíceis, falava bonito. Também, para dirigir uma olaria só mesmo um homem assim, de tutano. Ainda antes de sentar-se, um pouco depois de arrepiar-se por causa do ranger do portão, Gabriel já o admirava. Recostado à parede, o velho fumava. Também nisso era diferente, na forma de levar o cigarro à boca, no tempo interminável da tragada.

— À procura de emprego ou de trabalho? — ele perguntou de repente.

Gabriel espantou-se. Onde a diferença? Uma coisa não era a outra? Não, não conseguia atinar com o sentido da pergunta.

— E então? — repetiu o homem, inquisitivo, uma ponta de impaciência na voz.

Precisava dizer alguma coisa, irritá-lo seria perder a oportunidade antes que ela se formasse.

— De trabalho — disse enfim.

— Muito bom — exclamou o velho —, é de gente assim que eu preciso.

Queimou pestana em compreender as palavras do homem. E se tivesse respondido que estava à procura de emprego?

— Acho bom apagar a lamparina — ouviu alguém dizer no outro lado da parede. — O velho é um come-unha. Se acabar o teu querosene numa única noite, vais ficar no escuro o resto do mês. Lamparina cheia somente no dia primeiro — continuou o outro.

Gabriel sentou-se no catre. Talvez o velho tivesse razão. Não controlasse o consumo, os empregados queimariam uma lata por mês. Soprou a chama, abafou o pavio com a ponta dos dedos.

— Meu nome é Erandi — disse o outro —, e o seu?

— Gabriel — respondeu.

— Prazer.

— Prazer é meu.

A conversa se extinguiu. Gabriel ouviu o catre ranger no outro lado. Esticou os braços, cruzou-os sob a nuca. Seguisse as recomendações do velho e estaria seguro. Não conversar muito, principalmente durante o horário de expediente; não beber aos domingos, para estar em condições de trabalhar na segunda-feira; esforçar-se por fazer as coisas bem-feitas. Fizesse assim e o emprego era seu, garantira o velho. Depois, levantara-se, dizendo "você deve estar com fome", e sem esperar pela resposta sumira pela porta de luz e só então Gabriel foi capaz de perceber o forte cheiro de fritura e ouvir as vozes misturadas, incapaz, a princípio, de distinguir quais eram as vozes dos habitantes da casa e quais as do aparelho de televisão, até que ouvira alguém dizer, "cala a boca, a novela vai começar", voz estridente, com certeza de menina, ou de moça talvez, mas voz aguda, aguda e nervosa, e só então se dera conta de que o velho estava de volta, resmungando, "é por causa dessas novelas indecentes que as meninas perderam o respeito pelos mais velhos", e, estendendo-lhe o prato servido de arroz, feijão e batata-inglesa, sem um naco sequer de carne, mas umedecido pelo molho de cebolas, molho abundante e cheiroso, tornara a sentar-se, escorado contra a parede, Gabriel já cabeceando de sono, mas ainda mastigando, mastigando, até ouvi-lo dizer, "é bom você ir dormir, a fábrica abre as sete, não gosto de atraso".

5

Verônica julgaria impossível a existência de alguém teimoso e fanático a ponto de recusar-se a assistir à televisão se não convivesse com um. Estupidez, incapacidade de aceitar as novas conquistas do ser humano. Talvez fosse medo; sim, medo de ver e gostar. O mesmo temor que o levava a recusar certos livros e músicas, que o empurrava à igreja aos domingos de manhã e à interminável leitura da Bíblia; temor que o obrigava a trabalhar, desrespeitando as recomendações do médico, como se gradear tijolos fosse uma forma de dizer "estou vivo, sou útil, domino ainda o mundo". Homem estranho, o avô. Apesar de tudo, exercia grande fascínio sobre ela. Detestava-o quando se punha a citar versículos bíblicos, impondo à voz um tom professoral; quando execrava os pecadores, os mentirosos, os corruptos, os preguiçosos, os idólatras, deixando implícito que não se encontrava entre eles; ridículas as suas apocalípticas previsões do fim do mundo, seu misticismo infantil, mas adorava quando ele se punha a falar do passado, das dificuldades de um mundo sem energia elétrica; amava a sua agudeza de observação, a capacidade de conhecer as pessoas num primeiro contato, apenas pelos olhos, como se nas pupilas enxergasse não uma abertura dilatável, mas os movimentos da própria alma, seus meandros e ocultas intenções; admirava a sua arte, talvez a única na família a compreendê-la, mas a enfurecia o pouco caso que fazia de si mesmo. Por que não vendia as peças ao invés de dá-las a pessoas que não as valorizavam? "Basta que vendo tijolos", respondia-lhe o avô. Gostaria de relacionar-se mais profundamente com ele, discutir as idéias que a agitavam; sentia vontade de sentar-se ao seu lado e dizer, "*fata*, eu te amo", mas não podia; não porque ela não o quisesse, ele é que a evitava. E só havia uma explicação, uma estúpida explicação, porque era mulher. Restava-lhe então provocá-lo, para que reagisse e através da raiva viesse também um pouco de carinho, como esse olhar de pasmo e decepção que o velho lhe dirigia nesse instante, doloroso para ambos, e que se repetia com freqüência. As palavras vibravam ainda, não mais no ar, mas na memória, "cala a boca, a novela vai começar".

Bruno abaixou a cabeça, resignando-se ao ostracismo que a si mesmo se impunha. Verônica esperava ao menos que se arremessasse, esbravejando, contra a televisão e a desligasse, mas não, ele aceitava o desrespeito e recuava. Ela venceu o impulso de lhe pedir desculpas, aumentando o volume do aparelho. Um pouco depois, ele atravessou a sala com o prato de comida, fitando-a acima da cabeça, enquanto ela ordenava mentalmente, *me encara, vamos, me encara*, mas ele passou sem olhá-la e desapareceu na escuridão.

Verônica contava os dias de férias escolares que ainda restavam, impaciente. A cada ano compreendia melhor a insignificância, a falta de perspectiva, a amargura e o ressentimento que compunham as relações entre os seus familiares. O tédio como que acentuava os caracteres negativos de cada um. Única explicação para o mau humor de Olga, o calculado silêncio e desdém de Valéria, as constantes ausências de Luís, as brigas das irmãs e a passividade do avô.

— O Carlos não vem hoje? — perguntou Valéria. — No meu tempo, a gente namorava nas quartas e nos sábados. Antes de começar o namoro, o pretendente conversava com os pais da moça, pedia licença para freqüentar a casa. E não havia isso da menina correr atrás do rapaz, ele é que vinha. E namoravam na sala, vigiados pela mãe...

— O Carlos trabalha de dia e estuda à noite — interveio Sandra.

— No seu tempo se amarrava cachorro com lingüiça — resmungou Verônica.

— No meu tempo — retrucou Valéria — se lavava a boca de criança desbocada com sabão.

— Bruxa — exclamou Verônica, a raiva explodindo da garganta.

Eunice reclamou da briga, estavam atrapalhando a novela, fossem discutir noutro lugar.

Verônica refugiou-se no quarto. Percorreu os olhos pelos cartazes de atores e atrizes que cobriam as paredes. Imaginou-se cantando, representando, fazendo telenovela. Seria uma vingança e tanto, Valéria ligar a televisão e dar de cara com ela. Tirou a sandália do pé direito e jogou-a contra a parede com violência. Um ídolo desprendeu-se e caiu sobre a cama de Luísa. Esperassem pra ver. Ainda haveria de viver longe desse mundinho estúpido, bem longe, prometeu a si mesma.

6

Bruno, cigarro apagado, pendente dos lábios, cabeça alevantada para a Via-láctea, urinou sobre as flores de Olga. Acompanhara o novo empregado à casa velha, depois de dar-lhe algumas recomendações. Pedro, o agregado, que vinha preenchendo a vaga deixada por Valdir, podia retomar suas funções normais. A noite, de temperatura agradável, convidava ao passeio. Andara um pouco, detendo-se aqui e ali, fazendo hora, à espera de que passasse o horário das novelas, período em que as netas mantinham a televisão em volume insuportável.

Noite após noite aquilo se repetia, casais se separando, casando outra vez, tornando a se separar, num carrossel de desregramento, maus costumes, exemplo pernicioso para a juventude. Não entendia por que a censura permitia tais aberrações. Fosse pouco o tempo que as mulheres perdiam vendo aquelas bobagens, ainda comentavam capítulos e cenas no outro dia, previam novos acontecimentos, como se os personagens fizessem parte de suas vidas, como se fossem vizinhos de porta ou parentes. E ele era obrigado a ouvir tudo, ou a fugir da mesa, comendo em horários diferentes. O deus de écran, o bezerro do século vinte, a desviar o povo do caminho verdadeiro, a destruir as bases morais da família. Ah, mas a destruição dos idólatras viria, eles que esperassem. E viria através de conflitos armados, tremores de terra, epidemias, enchentes e secas, os sinais dos tempos já se manifestavam, só não via quem não queria ver, quem tapava os olhos, o palco para o Armagedon já estava armado, a guerra entre o Irã e o Iraque era o estopim para o conflito final, o grande enfrentamento entre Gogue e Magogue. Quando as tropas amarelas descerem pelo leito seco do rio Eufrates o mundo conhecerá a maior tragédia de sua história, concluía Bruno Stein.

O silêncio seria completo, não fossem os sapos e os grilos. Lavadas de urina as flores de Olga refletiam a luz da lua e das estrelas. Bruno fechou a braguilha. Recolheu as baganas de cigarro jogadas na calçada e depositou-as no travessão da varanda. Reservava-as ao Pedro, o agregado, que viria apanhá-las na manhã seguinte, junto com o litro de leite que Olga mandava ao afilhado de Verônica.

Entrou na cozinha. Sobre a mesa, protegido das moscas e de outros insetos, encontrou, sob um retângulo de pano, o chá de alecrim, para os rins, e o Isordil, para o coração. Ainda em pé, sorveu o líquido morno; depois, já sentado, pôs o comprimido na boca, enquanto deslizava os dedos sobre a toalha de plástico. Pensou em apanhar o rádio portátil, na cristaleira. Levantou-se. Nunca se sentira assim, mas agora o mínimo esforço deixava-o prostrado. O que era mesmo que pretendia fazer? Orgulhava-se de possuir uma memória infalível, fazia cálculos sem papel e caneta. Coçou a cabeça branca, revirou os olhos, como se buscasse a lembrança sob as pálpebras. Ficou alguns segundos no meio da cozinha, balançando o corpo, sem saber o que fazer. Enfim, decidiu deitar-se. Só então, atravessando a sala com cuidado, no escuro, tateando, contornando os obstáculos, lembrou do rádio. Tarde para o noticiário. Enroscou numa cadeira deixada fora de lugar. Esfregou a perna, na altura da batida. Deplorava a falta de organização das netas, eram incapazes de manter as coisas nos seus lugares. Alcançou a porta do quarto de dormir e suspirou aliviado. Conseguira atravessar o caos sem acordar ninguém. Ligou a lâmpada do abajur, a luz avermelhada espalhou-se pelas paredes e recobriu o leito. Tirou a camisa e as calças; deitou-se de ceroulas. Afastou as pernas de Olga, que invadiam o seu espaço. A mulher era gorda, de coxas grossas e seios exuberantes. Ao longo dos anos fora perdendo a forma bem proporcionada, os quadris e a cintura bem delineados agora se confundiam numa massa compacta. E, pior, roncava. Enervado, beliscou-a nas nádegas. Olga virou-se, resmungou e diminuiu o ruído. Bruno apanhou a Bíblia sobre o criado-mudo, quase derrubando o copo d'água depositado ali pela mulher. Ficou a imaginar a confusão que teria armado se o copo se espatifasse. Olga acordando de repente, imaginando-o morto; ele talvez fingisse um infarto, sádico, deixando que a família acordasse, as netas se arrependessem das humilhações que lhe infligiam, principalmente Verônica; o filho corresse, atabalhoado, para a varanda, incapaz de contemplar a morte. Não, mas o filho não estava em casa, não retornara ainda de Rio Grande. Sentiu vontade de derrubar o copo, jogá-lo contra a parede. Abriu a Bíblia, ao acaso, a velha e ensebada Bíblia — que competia em sua predileção com o outro livro que também herdara do pai, livro que adorava, e que ele também tinha adorado, profundo e amorável, escrito em alemão gótico, capa de couro e cantoneiras de prata, o *Fausto* — e se pôs a ler sobre a vaidade dos empreendimentos do homem sobre a face da Terra. O oleiro estimava sobremodo o *Eclesiastes,* sua sabedoria e profundidade, seu ceticismo difuso. Deitou o livro aberto no peito, as mãos cruzadas sob a nuca, os cotovelos apontados para o norte e o sul, e recompôs, em detalhes, o seu dia, sopesando os próprios atos, juiz, promotor, réu e advogado de si mesmo, naquilo que chamava de *exame de cons-*

ciência, e que repetia há mais de cinqüenta anos, desde a sua *confirmação,* momento em que, consciente, confirmara o batismo, posto que a criança é incapaz de aceitar Cristo como seu Salvador, mas que o recebe através dos salpicos de água e palavras abençoadas para que não morra pagã, custodiada pelos padrinhos, até que possa, diante de Deus e do seu Ministro, confirmar aquele ato anterior, ato compulsório e involuntário. E, crente de ter um saldo positivo a seu favor, esforçando-se em não permitir que o orgulho espiritual maculasse o seu coração nesse instante de arrebatamento, repetiu, inaudível, as palavras do *Pai-nosso*. Fechou a Bíblia e recolocou-a no criado-mudo, onde ficaria até a noite seguinte à espera de que o ritual se repetisse, enquanto ele procuraria mergulhar no sono. Na parede oposta, parede que já não podia ver porque ato contínuo ao depositar a Bíblia no criado-mudo desligara o abajur, projetou as imagens antecipatórias da decadência de sua fábrica, os galpões destruídos, abandonados, invadidos pelos caraguatás; os fornos derribados; as coberturas incendiadas; a polia do amassador rodando no vazio, esmagando blocos de vento e bruma; os fios do cortador arrebentados e as barreiras cheias de terra vermelha, gordas de adubo, calcário e veneno, vindos com a enxurrada, de roldão, explodindo as curvas de nível e se aninhando nos baixios; sim, Bruno Stein, depois de consumir-se em atribulações, tornar-se doente de tanto preocupar-se com o trabalho, sentido maior de sua existência, orgulho de sua velhice (porque nascera miserável e tudo conseguira com o próprio engenho), podia ver no escuro de seu quarto aquilo que o tempo escondia em suas dobras (porque o filho, além de não lhe proporcionar descendência masculina, certamente não saberia dirigir a olaria), assim como Isaías, o das cáusticas profecias, e era amargo como o fel o que sentia nos lábios, amargo como o hissopo, e que Bruno tornava ainda mais amargo ao murmurar, sem nenhuma piedade de si mesmo, as palavras de Mefistófeles, *Das ist der Lauf der Welt*[1]; amargo porque acreditava que o curso do mundo estava determinado desde a eternidade e que ao verme não cabia recusar-se ao ciclo nem se revoltar contra a ordem estabelecida das coisas; amargo também o sono que não vinha, o sono que se esquivava, não se deixava prender, água entre os dedos, *Der Irrwisch*[2], e que ele perseguia fitando o escuro, contando tijolos imaginários, declamando partes do poema de Goethe, moldando as suas estátuas no pensamento, os olhos arregalados, circulando nas órbitas, sono que, ao vir, Bruno o sabia, traria os dolorosos pesadelos, os gemidos abafados e o cheiro de velas queimadas.

---

[1]Este é o caminho do mundo.
[2]Fogo-fátuo.

7

Vinte anos, pensou Valéria, passaram-se vinte anos. Apanhou a escova sobre o toucador, sentou-se diante do espelho. A constante amargura desenhada na comissura de seus lábios e o espesso silêncio que a envolvia, silêncio conquistado sob permanente autocontrole, a tristeza de seus olhos negros, outrora brilhantes e esperançosos, hoje embaciados e escondidos sob as pálpebras cansadas, além das aneladas mechas de cabelos grisalhos, davam-lhe uma aparência envelhecida e castigada e, no entanto, ainda não contava quarenta e cinco anos. Às vezes, quando encontrava um retrato antigo em uma cômoda, eternizado instantâneo de festa ou baile já perdido no sumidouro do tempo e da memória, evitava olhá-lo porque sabia que odiaria não só os anos que separavam a película amarelecida do frêmito vital ali aprisionado, mas também, e principalmente, a ingenuidade de seu próprio sorriso, a facilidade com que se deixara enganar pela vida, a incapacidade de prever o singular prazer do tempo em esmagar as ilusões da juventude.

Há vinte anos jogara-se nos braços de Luís como a uma tábua de salvação, supondo que talvez fosse a sua derradeira oportunidade, sabendo antecipadamente que se desta vez não desse certo, e tornasse a naufragar, ou a não casar, ouviria novamente a fieira de reclamações da mãe, que ansiava por se ver livre dela, as imprecações do pai, e, fosse pouco tudo isso na contabilidade cruel da existência, ainda receberia o estigma de *solteirona* que a sociedade local sadicamente impingia às mulheres com mais de vinte e um anos que ainda não tivessem constituído família. Até então, apesar dos diversos namorados, conservara-se virgem, preservando-se para aquele que se tornasse seu proprietário (ela agora o sabia, não passava de uma propriedade). Não que os namorados anteriores não tivessem tentado. Ela é que, sob o efeito de duchas frias e orações, preservara o seu único tesouro, prêmio que ofereceria ao que subisse consigo os degraus do templo, como se o momento da bênção fosse o final de uma corrida e o altar um podium onde o mais forte, hábil e denodado recebesse não a taça e os louros, mas o hímen. Luís tentara, também, se apropriar do galardão antes de sagrar-se vencedor. O namoro prolongara-se por mais de dois anos. Houve um momento em que Valéria percebera que estava a ponto de perdê-lo. Instintivamente — e quando se deu conta da transformação que se operava era tarde para recuar ou ela própria talvez já não o desejasse — passara a usar roupas que a tornavam sensual e a criar situações em que pudesse revelar-se ao namorado, insinuar sua feminilidade. O cheiro de fêmea no cio trazia-o de volta, dominado. Fora este o primeiro engano, supor que o teria sempre sob o jugo do encanto sexual. Aprenderia mais tarde, quando já não mais o amasse, ser impossível aprisionar um homem apenas com o anel de fogo do sexo, porque depois de saciado, e ainda que retorne milhões de vezes, é como um animal que desdenha as sobras e adormece.

Agora, entre apreensiva e divertida, observava a mesma luta no corpo de Verônica, o mesmo cheiro dos poros e a mesma ingênua segurança. Opunha-se ao namoro da filha não porque a considerasse imatura ou porque não quisesse realmente vê-la casada, mas para despertar nela a necessidade de transpor obstáculos e dar-lhe dessa forma a impressão de que o seu amor (incompreendido) era maior. Via-se na filha, nas situações que tomavam o mesmo contorno, como se a vida folgasse em repetir-se. Nem tentava dizer-lhe que não fosse tão afoita. Calava e observava; sabia ser indiferente discutir ou não. Hoje provocara a filha, gratuitamente. Tinha respostas para tudo, a Verônica. Sabia o que queria. Orgulhosa e altiva. Mas, se é verdade que a vida teima em percorrer os mesmos caminhos, rolar pelos mesmos sulcos, muito em breve ela estaria na sua frente, gaguejante, cabeça baixa e voz contrita, tentando explicar a gravidez. Valéria sorriu, faria diferente de sua mãe. Atrairia a filha para si, beijar-lhe-ia a testa e diria, "se quiser, não precisa casar, eu crio o netinho".

No silêncio do quarto, vinte anos depois, quando supunha tudo esquecido e enterrado, Valéria tornou a sentir o embaraço, reviu os olhos esbugalhados da mãe, ouviu as palavras, nítidas, repetirem-se, *devias ter evitado a gravidez, sua cadela!* Não, não fora naquela noite, tampouco nesta, que compreendera, mas muitos dias depois. Cadela, porque não soubera evitar a concepção. Para a moral da mãe não contava o ato em si, mas o resultado. Porque implicava outra vida ou porque a gravidez, através de sua protuberância, revelava ao mundo o pecado? O que se passava entre corpos na penumbra dos quartos era irrelevante, mas a saliência no ventre agredia a sociedade. O ódio contra a falsidade levou-a ao segundo erro, não quis morar na cidade, contrariando Luís. Preferiu a olaria e o inevitável convívio com os pais dele.

Porque no interior de si havia um ser em gestação, recordou-se, ficara livre do trabalho. Descia à fábrica com freqüência, levava lanches e refrescos. Algumas vezes ia apenas pelo prazer de rever o marido. Até que um dia Luís pedira-lhe que não mais o fizesse, Bruno reclamara das interrupções. Naquela noite chorara, decepcionada. Não esperava tamanha mesquinharia. Enfim, com o passar dos meses, compreendera que havia todo um sistema de rígida economia regendo as ações do sogro. Para ele, a frugalidade era uma questão ética. "O diabo ronda as almas excessivamente alimentadas, a ostentação da riqueza é pecado", dizia. Contudo, a cada dia Valéria mais se surpreendia, o mesmo homem, que não permitia que o filho e a mulher atrasassem na fábrica, que se dedicava ao trabalho de forma quase irracional, que em tudo via esbanjamentos, que recolhia até as cascas das frutas para aproveitá-las em chás e licores, era capaz de doar vinte milheiros de tijolos para a construção de uma nova igreja.

Na inversa proporção em que desejava odiá-lo, porque um homem assim nada mais merecia que profundo desprezo, crescia a admiração pela sua coerência, admiração que aos poucos virou afeição, na medida em que ele se tornava seu aliado, cansado talvez das injustiças praticadas por Olga e pelo afastamento gradativo de Luís. Pensava, às vezes, que por trás de tudo isso houvesse interesse carnal, que protegê-la fosse uma velada forma de desejá-la.

Valéria fitou o travesseiro do marido, agora as suas viagens duravam vários dias, fretes de Pau-d'Arco ao porto de Rio Grande. Apagou a luz, deitou-se. No escuro, abriu a camisola e despiu-se. As coxas ainda firmes preservavam os últimos vestígios da mocidade. Imaginou que a sua mão fosse outra, não a de Luís, não mais a dele, mas a de um homem sem rosto, a mão de um macho, talvez a do sogro, sim, a do sogro, pensou com vertigem, e a língua e o membro sólido. Teria atingido o orgasmo se não tivesse se sobressaltado e interrompido os movimentos com o ruído da cadeira arrastada na sala. Luís, de regresso? Fosse, teria ouvido o caminhão. O débil estalar da cama dos velhos pôs fim à dúvida. Excitou-se outra vez, e só dormiu, saciada de si mesma, quase uma hora depois.

8

No princípio, o alheamento, a memória amortecida, como se boiasse num líquido morno e espesso do qual se recusasse a sair. Ainda antes de sentir o contato do corpo contra o catre, o formigamento no braço esquerdo, identificou os sons. O companheiro no quarto ao lado ouvia rádio. As sensações retornavam. A luz mortiça da madrugada permitia-lhe ver as paredes caiadas, um tanto enegrecidas pelo picumã, o teto sem forro, os caibros à mostra, a folhinha colada à parede lateral, próxima à janela, em que a mulher nua sorria, a perna levantada escondendo os pêlos. Espreguiçou-se, as vértebras estalaram. Saltou do catre. Da trouxa, retirou os chinelos de dedo. As tiras estavam por arrebentar, a do pé direito mantinha-se por um fio. Teria de comprar um novo par assim que recebesse o primeiro salário. E um espelhinho. O que tinha, esquecera na última granja. Passou a mão pelo rosto bexiguento, encontrou uma espinha no queixo, espremeu-a. Abriu a janela de folha e a luz invadiu o quarto, revelando manchas de sujeira e umidade e ovos de barata nas paredes. Levantou o colchão e surpreendeu meia dúzia de percevejos nas ripas do estrado, e que à luz do dia atropelaram-se em busca de abrigo.

— Bom dia — disse o companheiro, atrás de si.

— Bom dia — respondeu, surpreso.

Erandi abrira a porta sem que Gabriel percebesse. Escorado no batente, convidava-o para o café.

A casa tinha quatro cômodos. Os dois menores eram os quartos; os maiores, a sala e a cozinha.

— O velho morava aqui — disse Erandi, dirigindo-se para a cozinha, onde a água chiava na chaleira — antes de construir a outra, lá de cima.

Gabriel, depois de abancado à mesa, percorreu os olhos pelo ambiente, imaginava os móveis que a ocuparam em outro tempo. Neste canto devia estar o fogão, as manchas escuras no assoalho eram marcas de brasas. Adiante, à esquerda da porta que dava para o terreiro, seria o lugar da cristaleira...

— Coma bastante, o trabalho é pesado. Vai entrar na vaga do Valdir, não vai?

Gabriel assentiu, balançou a cabeçorra. Erandi fitou-o demoradamente, seus olhos subiam e desciam, comparava-o com o ex-companheiro.

— Não sei se tu agüenta — disse ele, depois da inspeção. — Palear barro o dia inteiro não é pra qualquer um. Antes, com a roda d'água, era coisa fácil; mas agora, com o motor a diesel...

— É questão de costume — retrucou Gabriel, aborrecido.

— Tem razão, a gente acostuma com tudo, até mesmo com o velho — disse e sorriu, irônico.

Era a segunda vez que ele se referia ao patrão com desdém. Talvez fosse inveja, pensou Gabriel.

Erandi colocou a mesa, pão, leite, café, dois ovos fritos e melado. Era um mulato atarracado, de braços grossos, de tronco musculoso. Seus olhos não se detinham sobre nada, estavam sempre saltitando, como se quisessem surpreender um movimento suspeito, congelar no ar uma ação condenável, ou como se tivessem necessidade de a tudo apreender e inquirir. Seus olhos negros, cintilantes e nervosos deixavam Gabriel inquieto. Erandi, por sua vez, sentia-se intimidado com o olhar fixo do parceiro, evitava-o, mas acabava aproximando-se perigosamente da fixidez gelada, pantanosa, encravada na sua face marcada por cicatrizes, olhar que lembrava uma víbora, armando o bote certeiro.

— Não quer beber leite? — perguntou.

— Não gosto — disse Gabriel, enchendo a xícara com café até a borda.

— É bom — retrucou Erandi.

— Sei — respondeu o outro, levando o pão de milho, sem melado, à boca.

— O filho não é tão duro quanto o velho, passa a maior parte do tempo puxando soja dos colonos pra cooperativa, quase não aparece na olaria, só mesmo pra levar alguma carga de tijolo a Pau-d'Arco. Não gosta do pesado, prefere o bem-bom do volante. Eu, se fosse ele, fazia o mesmo.

Gabriel via, através do vão da porta, o terreiro, um cinamomo, parte do avarandado da casa de alvenaria, as figueiras, um canto do parreiral e o eucalipto. Erandi, a voz anasalada, ia despejando informações sobre o trabalho, a necessidade de um corpo resistente, "não vê o leite e os ovos? Acha então que eles iam dar alimento de sustância pruns empregadinhos como a gente se por trás disso não tivesse exploração?", falava sobre a inclemência do sol nas barreiras, "o reflexo da água é o pior", e outros detalhes que Gabriel não era capaz de escutar, ou se escutava era como se não o fizesse, porque estava acompanhando atentamente os movimentos do velho, na varanda, limpando a cuia, retornando para o interior da casa e, um pouco depois, à varanda outra vez, agora com uma bacia plástica cheia de farelos ou restos de alimentos da noite anterior, arroz e feijão, impossível distinguir, ou cascas de batatas, que jogou por sobre a cerca em que se agarravam as trepadeiras enquanto os porcos espantavam as galinhas, até que apareceram também em seu campo de visão os três buldogues, os mesmos que o ameaçaram na noite anterior.

9

Bruno entrou na cozinha reclamando, precisava encerrar os porcos, construir um chiqueiro maior.

— Chega de chimarrão, o café está pronto — disse Olga, depositando sobre a mesa os ovos mexidos com torresmo, o leite quente e o pão de milho. Depois, apanhou o *Schmier'käse*[1] na geladeira.

— Bom dia — exclamou Verônica, recém-levantada, os cabelos em desalinho, estremunhando.

— Milagre — disse Bruno, e acrescentou: — Vai chover.

— Já choveu — respondeu a neta — embaixo da tua cama, velho bobo.

E riu, debochada, jogando os cabelos para trás, esfregando os punhos fechados na cavidade dos olhos.

— Bruno, olha o gatinho — brincou Olga, tentando descarregar a tensão.

---

[1] Requeijão.

— Ih, vó, ele vai ficar emburrado. — Verônica continuava a provocação.

Olga indagou sobre Carlos, o namorado. Bruno mastigava o pão em silêncio. Verônica desconversou, atravessou a cozinha gingando o corpo, atitude que Bruno imputava à influência negativa da televisão. Enquanto a neta estava no banheiro, disse à mulher:

— Viu?

Olga balançou a cabeça:

— É brincadeira da menina, não faz por mal.

Apanhou a xícara e continuou:

— Você é que anda muito ranzinza.

Bruno levantou.

— Todo mundo é contra mim nesta casa.

E antes que as outras netas viessem tomar café, fugiu para o alpendre.

— Menos a Valéria — ele ouviu Olga dizer às suas costas.

O velho desceu ao pátio, brincou com os cães. Resolveu caminhar um pouco, tinha quinze minutos para iniciar as atividades na fábrica. Precisava mostrar a olaria ao novo funcionário, os detalhes do trabalho.

Pedro, o agregado, vinha costeando o açude, assobiando. Trazia na mão a caneca esmaltada, para o leite. Cruzaram-se, Pedro cumprimentou-o efusivo, respondeu sem entusiasmo, depois se arrependeu. Era um bom sujeito, trabalhador, não tinha culpa de seus humores azedos. Bruno voltou-se, chamou-o pelo nome. O meeiro parou, o medo repuxava-lhe os músculos da face, desmanchava a alegria dos lábios, e a mão livre, nervosa, coçou a barba rala.

— Sim, patrão — atendeu, reticente.

— Como vai a Maria? O chá fez efeito?

— Se fez, foi tiro e queda — respondeu, aliviado.

— Não te disse? Era só uma crise de fígado. Ela não pode comer carne de porco durante um mês, no mínimo. Apanha algumas mudas de losna com a Olga e planta. É bom ter sempre à mão.

— Já plantei, seu Bruno — disse o agregado, abrindo-se num sorriso. — Separei meia dúzia de pés daquela cachopa que o senhor me deu e fiz um canteirinho atrás da casa.

Gostava de gente assim, de iniciativa. Ainda na semana passada, quando despedira o Valdir, Pedro se oferecera para substituí-lo, até que aparecesse outro.

— Não vou precisar de ti na olaria, Pedro.

— Contratou alguém? — perguntou.

— Ontem à noite. É meio gurizote, mas parece que tem vontade. Já trabalhou em lavoura, de empreitada.

Pedro sorriu, bateu a caneca de encontro à coxa.

— A manhã está linda — disse Bruno, pondo-se em movimento.

— É — respondeu o outro, entendendo, a conversa estava acabada, era melhor apanhar o leite com dona Olga.

Bruno caminhou até a taipa do açude. Minúsculos lambaris movimentavam-se freneticamente entre as canículas dos junquilhos e aguapés. Tivesse saúde, abria o tapume, limpava o açude, traria alevinos de carpas e de tilápias da cooperativa de Pau-d'Arco. O filho não via essas coisas, tinha o desejo preso na estrada. Há cinco anos Bruno prometia, "no Natal vamos limpar o açude". Olga, maldosa, retrucava, ajeitando os óculos, "mas você não limpou no ano passado?"

Apanhou um caco de tijolo e atirou-o na água plácida. Os lambaris sumiram por alguns segundos, espalharam-se pelo açude, e retornaram depois, o cardume inteiro, a mordiscar o suposto petisco encravado no fundo da lagoa.

10

Gabriel se mantivera calado desde o instante em que Bruno alimentou as galinhas até depois, quando afagou os cães e desceu pela calçadinha de tijolos.

Erandi não parava de tagarelar, era possível que não estivesse sendo ouvido, os olhos estáticos e distantes do companheiro o confirmavam, mas prosseguia assim mesmo, como se necessitasse mais de um motivo para falar (e a presença do outro ali era esse motivo) do que propriamente de um ouvido para o ouvir.

Estavam alimentados, sobre os pratos de metal não restavam sequer as manchas amarelas dos ovos fritos, porque ambos passaram códeas de pão sobre a superfície côncava, enxugando-a não só dos resquícios de gema, mas também da gordura.

Gabriel havia dito que o velho tinha ido para a olaria.

— Então, é bom a gente se apressar — respondera o outro, sentado de costas para a porta. Levantaram-se a um só tempo, recolhendo os pratos e os talheres e colocando-os dentro de uma bacia de alumínio, bacia amassada e escurecida pela falta de polimento, e que estava sobre a parte inferior de uma estante, próxima ao rádio portátil.

— Depois a gente lava — prosseguira Erandi, desligando o aparelho e enfiando-se pela porta lateral em direção ao quarto.

Antes que Gabriel fizesse um movimento qualquer, exceto o de perseguir com os olhos o agregado que atravessava apressado o terreiro e abria o portão, Erandi já estava de volta, e dizia, "vamos".

Contornaram a velha casa de alvenaria, casa sem reboco e de telhado enegrecido por efeito dos anos de exposição ao sol e às chuvas, e rumaram para a olaria. Gabriel caminhava de cabeça baixa, por isso não vira Bruno postado diante do açude. Mas Erandi sim, e cutucara o companheiro no flanco.

— Esse velho é muito estranho, fica horas parado, pensando, fala pouco, ri menos ainda.

Gabriel continuara em silêncio.

— Sabe que você é parecido com ele?

— Eu? — espantara-se o recém-chegado, sorrindo debilmente, satisfeito com a comparação.

— É, no jeito caladão. O velho é um artista, sabia?

— Artista?

— Faz estatuetas de barro, a fama dele corre mundo. São muito bonitas. Acho que é por isso que ele é assim.

Gabriel não tinha entendido a relação.

— Todos os artistas são diferentes — explicava Erandi, e carregava a voz de seriedade.

Dobraram à esquerda, atravessaram por baixo dos pessegueiros e pereiras, avançando rente às touceiras de ananás, e saíram além do forno, quase na antiga roda-d'água.

— Daqui a pouco chega o Mário — disse Erandi, escorando-se na tulha.

— Quem?

— O outro empregado. Mora aqui perto, além do rio.

— Você e ele faziam todo o serviço?

— Mais o Valdir. Só em dois é impossível. É preciso um pra puxar o carrinho, um pra cortar os tijolos e outro pra palear o barro.

— E depois que ele foi despedido, o seu Bruno é que ajudava?

— Não, ele está velho demais, só consegue gradear tijolo — disse o outro — e ficar cuidando se a gente está trabalhando direito, se não está parando muito. O Pedro, o agregado, que mora naquela casinha, ajudava no lugar do Valdir — acrescentou.

— É aquele que chegou na casa inda agorinha?

— Deve ser, não vi.

— É, um homem magro, alto, tinha uma caneca na mão.

— É ele, sim, toda manhã vem buscar o leite pro

filho — respondeu Erandi, enquanto apanhava uma faquinha encravada numa das frinchas do amassador. Cortava o talo de guanxuma, por passatempo.

Gabriel aproveitou para examinar a olaria. Imaginava o quanto sua avó ficaria feliz em vê-lo assim, trabalhador de uma indústria. Uma súbita onda de saudade apertou-lhe a garganta, engrossou e se transformou em lágrima. Enxugou-a pressuroso, preocupado em escondê-la de Erandi, mas felizmente o outro estava entretido com o desbastamento do talo de guanxuma. Há meses não a via. Sentia raiva de si mesmo, por ser tão descuidado, deixá-la tanto tempo sem uma visita. Devia-lhe a vida, e mais que isso. Filho bastardo, fora abandonado pela mãe. A avó o criara, dera-lhe carinho e alimento. Sim, ela iria abraçá-lo, envolvê-lo nos braços magros e flácidos, beijá-lo na testa e dizer, "meu filho, meu filho", e depois desandaria num choro miúdo, ganido de dor e esperança, e ele diria, "mãe, vou ser alguém na vida, vou comprar um cantinho de terra e construir uma casa pra gente viver, a senhora não vai mais morar de favor, vai ter um fogão de verdade e muitas panelas, porque agora sou empregado". Acentuaria bem a palavra, escandindo as sílabas, "em-pre-ga-do, mãe, em-pre-ga-do".

— Ei — chamou-o Erandi.

Mário tinha acabado de chegar.

— O Gabriel vai ocupar a vaga do Valdir - disse Erandi, apresentando-os.

Mário estendeu a mão espalmada, Gabriel fez o mesmo. Sentiu a forte pressão dos dedos do outro. Ele devia ter a sua idade, era um pouco mais alto, loiro, olhos azuis, pele avermelhada, queimada de sol. O outro sorriu, Gabriel percebeu-lhe os dentes escuros, quase pretos. Evitava o melado por isso, vaidoso de seus dentes brancos.

Mário era falante.

— Onde trabalhou antes? — perguntou.

— Por aí — respondeu Gabriel, desprendendo a mão e fazendo um vasto e abrangente semicírculo.

— O velho — exclamou Erandi, afobado, interrompendo a conversa.

Gabriel fitou-o, havia medo nos seus olhos arregalados, quase pavor.

11

— Menos a Valéria — disse Olga, tentando ferir o marido. Presumiu que retornaria, mas Bruno engoliu o insulto, ou por não o haver entendido ou porque pretendia levar a sério a tática de recuo que vinha usando nos últimos tempos. Aproximou-se da janela e viu o marido descer à olaria, com seu passo arrastado como se ainda usasse tamancos. Dobrou à direita, para o açude.

Arrependeu-se da insinuação. Bruno andava dilacerado, percebia-se. E não era apenas o conflito com as netas, o seu ódio contra a televisão. Alguma coisa maior, íntima, o estava devorando. Talvez fosse a aproximação da morte, pensou Olga em pânico. Ainda que as relações entre ambos estivessem reduzidas a simples camaradagem, porque encerrara já o seu período de fertilidade, gostava de tê-lo ao lado, dividindo os achaques de inverno e da velhice. Bruno, às vezes, tentava fazer amor, mas ela o repelia, dizendo, "isso não é coisa pra velhos como nós". Ele não insistia, virava-se e adormecia. Ou fingia, porque a sua respiração não era a de quem estivesse dormindo. Mas não devia ser este o motivo do seu desânimo. Sua idade avançada certamente já soterrara o desejo e suas tentativas não passavam de burla, como se buscasse auto-afirmar-se, da mesma forma que teimosamente recusava-se a parar de trabalhar. Talvez a causa estivesse no galpão das esculturas, onde passava tantas horas perdidas, horas inúteis. Não, também não era lá o foco gerador de sua angústia, porque não podia admitir que o fato de fazer ou não estatuetas de barro provocasse tristeza e abatimento. O problema podia ser a televisão, dado que antes de sua chegada costumava reunir as netas na sala e contar-lhes intermináveis histórias. Sim, fora desbancado pelo aparelho, substituído pelas imagens coloridas. Não, talvez não fosse isso, porque se sentir o centro das atenções não devia ser tão importante assim, ainda mais para alguém como Bruno, que considerava a vaidade um pecado grave. Era a proximidade da morte que o deixava nesse estado lastimável, concluía Olga.

Verônica retornou do banheiro, arrastou a cadeira antes de se sentar. Olga pôs a leiteira para aquecer, espantando os maus pensamentos.

— Vais a Pau-d'Arco? — indagou da cozinha.

— Vou — respondeu Verônica depois de engolir um pedaço de bolacha.

— Podias trazer alguns remédios para o teu avô?

— Posso — respondeu.

Olga apanhou as receitas que estavam na cristaleira, sob a horrível estatueta.

— Estou preocupada — disse ela, sentando-se em frente à neta.

Verônica suspendeu a xícara no ar. Levantou os olhos, à espera de que a avó prosseguisse. Sabia o que viria, não fosse tão agressiva, ignorasse as impertinências dele, velho é assim mesmo. Esperou, Olga continuava calada.

— O leite — exclamou, precipitando-se para a cozinha.

Verônica bebeu o restante do café de um só gole. Quando a avó chegou com o leite quente viu que, sob o aro dos óculos, lágrimas desciam pelo seu rosto.

— *Muti,* o que foi? — perguntou.

— *Nichts*[1] — murmurou Olga, retirando os óculos e polindo as lentes no avental. Depois de enxugar os olhos, prosseguiu:

— Bruno, Bruno me preocupa, essa doença dele. Sinto que vou ficar sozinha.

Verônica gostaria de consolá-la, dizer-lhe que não era nada grave, mas sabia que não adiantaria. Questão

[1]Nada.

de tempo, apenas. Como se o avô, em lugar do coração, tivesse no peito uma bomba-relógio. A explosão viria, cedo ou tarde. O que ninguém podia calcular era o tempo da contagem regressiva. Pensou em dizer à avó que se preparasse, mas calou.

— *Mein Gott*[1] — exclamou Olga, irrompendo num choro convulso. Verônica levantou-se, contornou a mesa. Abraçou a avó por trás, beijou-a nos cabelos. — Vens almoçar? — perguntou Olga de repente, ignorando a dor e as lágrimas. — Vou fazer *schnit'zel*[2].

Verônica desprendeu-se.

— Pensava ir na casa do Carlos — disse.

— Vai, filha, eu guardo um pouco pra ti.

Verônica agradeceu, comeria à noite.

— *Schnell!*[3] — recomendou a avó, apontando para o relógio de parede.

Perdesse o ônibus das sete e trinta, outro só à tarde.

Antes de entrar no quarto para retocar a pintura, ouviu-a recomendar, "não esquece os remédios". Não, não esqueceria. Teria de passar na farmácia de qualquer forma, pensou consigo, para comprar anticoncepcionais.

Olga ouviu palmas na varanda. Mesmo sem se certificar de que era o agregado, saiu com a jarra de leite na mão.

---

[1]Meu Deus.
[2]Bife malpassado, filé.
[3]Rápido.

— Bom dia — disse Pedro.

— Bom dia — respondeu ela, transferindo o líquido de um vasilhame ao outro.

— Não quer levar biscoitos pras crianças? — perguntou Olga.

— Se tem sobrando — murmurou Pedro, humilde.

Olga desapareceu por alguns instantes. O agregado transferiu o peso do corpo para a perna esquerda, elevou a direita pondo o pé no degrau da escada e descansou a caneca de leite sobre a coxa.

Quando regressava com o prato de biscoitos, Olga viu Erandi e o novo empregado saírem da casa velha. Reprovava em Bruno a facilidade com que admitia os funcionários, sem pedir referências, sem conhecê-los direito. Fora assim com o Erandi. Chegara num sábado à tarde, há dez anos, e ainda hoje nada se sabia a seu respeito. Podia ter vindo direto da delegacia. "Conheço as pessoas pelos olhos", justificava-se Bruno. Aquilo parecia ser verdade, jamais ocorrera dele se enganar. Antes pelo contrário, chegava ao ponto de prever reações e atitudes. "As pessoas são como o tempo", dizia o oleiro, "prenunciam as tempestades."

— Obrigado — disse Pedro, girando sobre si mesmo e se afastando.

— Dê lembranças minhas à Maria — disse Olga antes de entrar.

12

Bruno conferiu o relógio, sete e dois. Precipitou-se para a olaria, enfurecido consigo mesmo. Toupeiras, são umas toupeiras, não têm iniciativa, pensou ao se aproximar do setor principal da fábrica e ver os funcionários ainda inativos.

Gabriel só o vira, mais próximo, à noite, sob o eucalipto, a claridade batendo por trás de sua cabeça, projetando um nariz enorme e um rosto manchado de sombras. Imaginara-lhe os olhos, o formato da boca, construíra uma imagem que pouco ou quase nada tinha a ver com a que estava agora diante de si, visivelmente contrariada, revelada pela luz do dia, exceto a voz, rouca e áspera, a dizer que deviam ter posto o motor a funcionar, deixando a correia na polia louca, até que ele chegasse. Tinha os cabelos totalmente brancos, a face rasgada por rugas profundas e pontilhada de cravos não espremidos, o corpo avantajado, mas que mostrava sinais de flacidez e cansaço, e os olhos de um azul esmaecido.

— Como vocês sabem, o Valdir nos deixou — começou a dizer Bruno, aproximando-se de Gabriel e abrandando o tom da voz. — Este jovem vai substituí-lo — prosseguiu. Passou o braço por sobre os ombros de Gabriel, que estremeceu e baixou a cabeça, envergonhado. Ao levantá-la outra vez, refeito da surpresa, deu com o sorriso irônico de Erandi. O outro ria daquela manifestação de intimidade? Culpava-o por ter sido abraçado pelo velho? Inveja, pensou. Não podia ser outra coisa. Sentiu-se superior, preferido pelo patrão, eleito por aquele gesto inusitado.

Bruno pressionou o corpo de Gabriel de encontro à ilharga, as manoplas agarradas no ombro esquerdo, sentindo nos dedos a ausência de músculos do novo empregado. Talvez não tivesse resistência suficiente para palear, mas colocá-lo a puxar tijolos seria pior, pensou. Inutilizaria uma grande quantidade até que aprendesse a apanhá-los do carrinho e a depositá-los suavemente no chão recoberto de serragem, além de que não daria vencimento à produção do cortador, forçando-o a devolver tijolos prontos às lâminas do amassador. Não, era melhor que fosse mesmo para a tulha, apesar da magreza.

— A olaria é pequena — disse Bruno e retirou o braço dos ombros de Gabriel. — Nos primeiros anos, logo depois que a comprei, o Luís paleava, eu ficava no cortador, a Olga puxava o carrinho. Ah, vocês precisavam ver as fileiras perfeitas de Olga, jamais estragava um tijolo, e olhem que ela descarregava correndo. Eu mal-apenas tinha o outro carrinho pela metade e ela já estava de volta. Bem, preciso reconhecer que a roda-d'água era bem mais lenta que o Slávia — disse e olhou para o motor a óleo diesel. Respirou fundo, prendeu o ar nos pulmões por alguns segundos e soltou-o de repente, suspirando. Ia prosseguir, mas calou. Eles não entenderiam, seriam capazes de rir de suas recordações. Sentiu-se ridículo tentando explicar-lhes por que a olaria Stein não era uma grande indústria, com vários fornos, dezenas de galpões e produção diária de milhares de tijolos.

— Mexam-se — exclamou com irritação, humor subitamente alterado.

Erandi saltou no fosso do cortador, apanhou dois punhados de serragem, um em cada mão, espalhou-os no assoalho dos carrinhos estacionados um à sua esquerda e outro à direita. Depois, arrancou o barro ressequido na boca do cortador e jogou-o de volta à tulha. Despejou água nos suspiros e limpou os arames. Com o joelho, empurrou a base móvel do cortador. Vamos ver agora o Gabriel manter o amassador cheio. Queria briga, ia ter. O outro falhasse, iria arrasá-lo, para aprender a não ser puxa-saco. Precisava evitar que Gabriel se aliasse ao Mário. Ao meio-dia, lhe daria o resto do maço de cigarros e o convidaria a jogar cartas na vila, à noite. Lá poderiam conversar sossegados, alertaria o Mário sobre o perigo que representava o novo empregado. Ou, então, inverteria o esquema, levaria o Gabriel à vila e, distante do velho, abriria os seus olhos. Os três poderiam trabalhar descansados, desde que jogassem no mesmo time. Gabriel não devia deixar-se envolver pelos falsos elogios do velho.

— Só o que você precisa fazer é manter o amassador cheio — disse Bruno, alcançando a pá a Gabriel que se encontrava no interior da tulha, ansioso por corresponder às expectativas do patrão e temeroso de não ser capaz de fazê-lo. Apanhou o instrumento e ouviu-o dizer, "mantenha o cabo sempre limpo, para que não dê calos". A roda do amassador começou a girar, a princípio com lentidão, rangendo, e depois ganhando velocidade. Gabriel enxugou o suor das mãos no próprio cabo da pá e forçou a lâmina contra o barro.

* * *

Bruno riscou o tijolo com a unha. O traço esbranquiçado era a prova de que estava seco, pronto para enfornar. Percorreu o longo galpão, parava em cada vão entre os moirões, conferia, calculava as pilhas secas. Eram necessários dez mil tijolos para uma *queima*. Mais dois ou três dias de tempo bom, se o vento continuasse a soprar assim, e teriam uma *fornada*.

O velho saiu do galpão e examinou o céu. As nuvens esgarçadas não o enganavam. No meio da tarde, quando estivessem desprevenidos, elas se condensariam e avançariam em pesados blocos, despejando rajadas de chuva. Não, elas não o apanhavam mais de surpresa. Sempre que farejava a umidade do ar (e os seus ossos agora o ajudavam nisso), deixava os portões de latão deitados nos vãos. Aos primeiros pingos, era só levantá-los e escorá-los com firmeza. O sistema era impotente contra as tempestades, mas o prejuízo destas Bruno lançava na conta de perdas inevitáveis. Na verdade, tinha um pacto com a natureza, era uma espécie de jogo. Uma troca, como se os tijolos fossem a oferenda e representassem a garantia de que os galpões não seriam arrancados.

Entrou noutro galpão, ajoelhou-se no corredor e pôsse a gradear tijolos verdes. Fazia o trabalho com paciência, metódico, deixava uma pequena fresta entre um tijolo e outro, para que o vento circulasse entre eles. Não estava mais em idade de trabalhar, reconhecia. Não arrancava mais barro, reservava-se aos serviços menores, gradear os tijolos, consertar os dentes na roda do amassador, levar as vacas ao pasto, supervisionar o trabalho dos peões. "A porca engorda é com os olhos do dono", ele costumava dizer, brincando. No fundo, era isso mesmo. Virasse o rosto, o serviço empacava. Havia a recomendação do médico, as reclamações de Olga, mas se parasse seria o fim. Seria incapaz de viver sem a atividade física. O diabo tenta os desocupados. Pudesse, estaria agora na tulha, com os músculos retesados, empunhando com fúria a pá, vencendo a voragem da máquina, conquistando uma margem de tempo tão grande que pudesse preparar um palheiro. Pensou no empregado novato, mais tarde iria ver o seu desempenho.

Quase três horas depois, quando a dor na coluna tornou-se insuportável, parou de trabalhar. Caminhou com dificuldade, as mãos apoiadas nos rins. Escorou-se na viga-mestra antes de sair do galpão e dirigir-se à tulha. A vertigem parecia subir com o sangue, espalhando-se pela cabeça. Ficara muito tempo ajoelhado. Ainda que não quisesse, era forçado a admitir, sim, estava velho, tinha as juntas enferrujadas, a sua resistência reduzira-se a nada.

— Sabia que você conseguiria — disse Bruno, apoiando-se na borda da tulha e olhando para dentro do fosso.

Aquelas palavras soaram como um tônico para os músculos cansados de Gabriel, que sorriu, encheu o amassador, fez as lâminas devolverem o barro excedente. Com a espátula de madeira, teve tempo de raspar a tabatinga grudada na pá. Ainda conseguiu enxugar o suor que molhava seu rosto e tórax antes de reiniciar o trabalho. Depois, na pausa seguinte, quando se voltou sorrindo na direção do patrão, não o encontrou mais.

Bruno apanhou dois tijolos molhados com Erandi. Perguntou se a liga estava boa, a proporção certa.

— Conforme o senhor mandou — respondeu o empregado, um tanto agressivo.

— Algum problema? — perguntou Bruno.

— Nenhum — disse Erandi, limpando os arames do cortador.

Seria um sujeito perigoso, pensou o oleiro antes de deixar a fábrica, não fosse alcoólatra. O vício amolecia-lhe o caráter, como a água ao barro, permitindo que obedecesse às mãos que o modelavam. Os homens também se rendiam às forças externas, como os tijolos que carregava rumo ao galpão das esculturas e que em breve se transformariam em braços, nariz ou cabelos de sua estátua Verônica. Deus talvez fosse o Supremo Modelador, eternamente a transmutar os elementos do Universo. Neste sentido, a arte, a criação, era uma espécie de poder mágico, divinatório, de encantamento. Apenas que ao homem estava vedado soprar na boca de suas criaturas. Arte, que na língua de seus avós chamava-se *Kunst*, era também uma forma de conhecimento, de nomeação dos objetos e de paixão.

* * *

Agora ali, diante das estátuas, Bruno pensava se não estaria apenas buscando o reconhecimento, a admiração de seus familiares, ao invés de, sinceramente, homenageá-los. Ficaria feliz, é certo, se conseguisse agradá-los, se com a surpresa tornasse a ser colocado no centro de suas atenções, mas, acima e além disso, moldar correspondia a uma necessidade íntima, de expressão, de fazer com as próprias mãos, de domínio sobre o caos da massa informe. O próprio fato de ter-se tornado oleiro, quando em sua juventude eram tantos os caminhos que se lhe descortinavam, já não era uma busca inconsciente deste domínio sobre a matéria? No entanto, a olaria propiciara-lhe o fazer mecânico, seriado, sem a marca pessoal, além de ser uma atividade conspurcada pelo valor econômico. Um dia, sem que o planejasse, encontrou a resposta. Desde a infância, percebia agora, ele a conhecia. Recusava-se a admiti-la porque não queria seguir o pai também nisso, bastava o fumo, a música e a leitura. Fechou os olhos e ouviu se repetirem, com impressionante nitidez, os sons do violino. Se a arte possui um pouco que seja do poder de Deus, e se Deus é o Supremo Bem, como podia a mão que empunhava o arco em suaves compassos ternários levantar-se contra o corpo da mulher doente e a ferir sem piedade? Não, ele não tinha resposta para tais questões. Evitava avançar mais, temeroso de que não pudesse regressar. Amparava-se na fé, naquilo que supunha ser fé, e orava com fervor, crendo que as contradições do mundo e dos homens existiam apenas para testar os crentes, para prová-las até o limite de suas forças.

13

Devia transferir às filhas o encargo de lavar, ao menos, as próprias roupas, dissera-lhe Olga. "São preguiçosas por sua causa." Não podia retrucar, reconhecia-se culpada. Criara-as com todos os mimos, protegera-as em excesso. Estavam já pensando em namorados e nem sequer lavavam as calcinhas. Hoje pela manhã, quando lhes pedira ajuda, fizeram-se de surdas. Um pouco depois, sorrateiras, agarradas às fotonovelas, Sandra, Eunice e Luísa foram à casa de Neli, no outro lado do rio. Pensou que talvez pudesse contar com Verônica, mas quê. Procurou-a pela casa, em vão. Soube, através da sogra, que havia saído cedo, para Pau-d'Arco. Valéria estendeu as roupas no varal, recolheu o balde e os grampos. Os braços estavam doloridos de esfregar e bater na tábua do tanque, as mãos enrugadas da exposição prolongada à água e ao detergente. Um banho demorado, sem ninguém à espera de vaga, seria a melhor coisa do mundo. Olga não regressaria antes das onze e meia e as meninas, com certeza, viriam somente para o almoço. Pensou na sogra, a essa hora capinando sob o sol escaldante. Mantinha a rocinha livre do inço e da milhã, a rocinha que cultivava além das barreiras, quase na divisa das terras. Não que aquilo fosse necessário. Pedro, o agregado, oferecera-se várias vezes para cuidar de seus tomates e rabanetes. Olga respondia que capinar fazia bem para os nervos. E criticava a mania de trabalho do marido. Justificava-se, lembrando que era quinze anos mais jovem que ele e não sofria do coração.

* * *

Valéria despiu-se, abriu a torneira. Pediria ao Luís que cumprisse de uma vez a promessa de instalar uma divisória dentro do banheiro. Era impossível evitar o alagamento da peça toda. Manteve a ducha morna, detestava água fria por maior calor que fizesse. Já estava com o cabelo ensaboado quando se deu conta de que se esquecera de chavear a porta, mas continuou o banho assim mesmo, sem pressa.

Bruno, sem ânimo para esculpir, mergulhado em suas reflexões, entrou na casa vazia, admirando-se de que as netas não estivessem a assistir os desenhos animados da manhã. Passou pelo quarto de dormir e apanhou a muda de roupa limpa na cômoda. Ao abrir a porta do banheiro, diante da visão da nora nua, quase gritou. No intervalo entre o susto e a recomposição, deslizou os olhos pelo seu rosto, acompanhou a água em cascata pelos seus seios e ventre, mergulhou o olhar entre as suas pernas, viu a água gotejar, percorrer-lhe as coxas e sumir embaixo dos seus pés, no ralo. Refeito, bateu a porta e fugiu para a varanda. Ainda carregava as roupas amassadas, entre as mãos nervosas.

Valéria não tivera tempo sequer de se proteger. O sogro, boquiaberto, quase desmaiara. Mas não recuou antes de contemplá-la inteira, pensou com vaidade. Podia sentir o calor de seus olhos roçando-lhe a pele, o colo, o bico dos seios, as ancas, a parte interna das coxas. Enxugou-se com vagar, dando asas à imaginação. A toalha felpuda transformava-se em mãos hábeis, de ásperos dedos.

Bruno largou as roupas sobre uma cadeira e desceu ao pátio. Caminhar, precisava caminhar com largas passadas, castigar os músculos, suar bastante, caminhar até a exaustão para afugentar a visão dos seios expostos, conter a concupiscência. Onde estava Deus que o abandonava assim à lascívia desenfreada? Por que Ele não detivera o seu braço antes de abrir a porta? Por que não aguçara o seu ouvido para que ouvisse a água despencando? Tentou orar um *Pai-Nosso,* mas era como se o céu estivesse recoberto de chumbo e os seus pensamentos não conseguissem varar sequer as nuvens e retornassem, por reflexo, ao corpo nu de Valéria. Seria aquilo o princípio da provação? A *figura angelical*, o Jó moderno, detivera os olhos sobre os seios, o ventre, o púbis e as coxas da própria nora, com lubricidade. O que mais virá, meu Deus, antes de eu te renegar? Cancro, lepra, erisipela?

Valéria saiu do banheiro, nua sob o roupão, com a vaga esperança de que o sogro ainda estivesse por ali. Foi à cozinha, mexeu nas panelas. Talvez na varanda, pensou, mas encontrou apenas as roupas jogadas sobre a cadeira. Apanhou-as e dobrou-as com cuidado.

14

— Pode parar — gritou Erandi.

O cadenciado martelar do pistão e o enervante ranger de polias cessou. Gabriel cravou a pá no barro e saiu da tulha.

— Estou morto de fome — falou Mário, depois de lavar as mãos e o rosto no filete de água que escorria de uma canaleta, próxima ao cortador.

— Meio-dia, panela no fogo, barriga vazia — cantarolou Gabriel.

Seguiram os três em direção ao casario, pela estradinha que contornava o açude.

— E o velho? — perguntou Gabriel.

— Olha só, ele está preocupado com o patrãozinho — ironizou Erandi.

— Faz um tempão que ele subiu — respondeu Mário.

Erandi estacou, apanhou um caco de tijolo, fez pontaria numa pereira, e disse:

— Aposto duas cervejas que tiro lasca.

— Apostado — disse Gabriel, parando e detendo, com o braço esticado, o outro companheiro, a voz carregada de raiva.

— Quem perder paga hoje mesmo, à noite, na vila — Erandi continuou.

Gabriel ia aceitar, mas lembrou a recomendação de Bruno.

— Sábado — disse.

Um instante depois, acrescentou:

— Não bebo durante a semana.

— Tudo bem — resmungou Erandi e inclinou o corpo para o arremesso.

O pedaço de tijolo rodopiou no ar, sem tocar a árvore. Mário bateu no braço de Gabriel, rindo.

— Puta merda — exclamou Erandi —, errei por pouco.

— Muito ou pouco não faz diferença. — Vingou-se Gabriel.

Encontraram a mesa posta sob o avarandado. Mário sentou-se à cabeceira, Erandi à esquerda. Gabriel, antes de ocupar o lugar que sobrara, percebeu Bruno aproximar-se, o cabelo ainda molhado, recém-saído do banho. Trazia nas mãos, além dos óculos, um livro escuro. Perguntou-lhes quantos carrinhos haviam enchido.

— Trinta e sete — disse Erandi antes de levar a primeira garfada à boca.

Para ver o velho, Gabriel precisou torcer um pouco o pescoço. Entre um bocado e outro de feijão e arroz, relanceava os olhos para o patrão. Lá estava ele, mergulhado na leitura, distante do mundo. Invejou a sua capacidade de decifrar os livros. Gostaria de saber ler. Se fizesse amizade com Bruno, se conquistasse a sua confiança, ele o ensinaria? Imaginou-se lendo para a avó, a cara de espanto que ela faria, ele quase um doutor..

— E então? — perguntou Erandi. — Que tal o serviço?

— Bom — respondeu, um pouco mais alto do que o necessário, para que Bruno ouvisse. Ato contínuo, virou-se na sua direção.

— É o melhor paleador que já tivemos — disse Bruno, sem levantar os olhos do livro.

Gabriel sentiu os olhos engrossarem, na iminência das lágrimas. O peito parecia uma bomba de emoção, a vontade era de se levantar e beijar o rosto de Bruno, agradecer por tudo. Meu pai, pensou, este homem é o pai que não tive, o pai que não conheci.

Erandi, estupefato, largou os talheres no prato com força. Filho-da-puta, um pouco mais e o convida para almoçar lá dentro, com as netas, quase um membro da família.

Talvez ainda fosse muito cedo, pensou Bruno. E um elogio assim, logo no primeiro dia, na frente dos outros, podia despertar inveja. Por outro lado, também isso era bom. Um pouco de rivalidade significaria menos conversa fiada. Bom mesmo se houvesse uma competição entre eles, uma competição controlada, lógico, para que não degenerasse em agressões.

— Agora sim, a nossa fábrica irá pra frente — continuou, fechando o livro. — Temos o melhor paleador, o melhor cortador e o melhor puxador de carrinho.

Erandi e Mário sorriram. Gabriel sentiu esvaziar-se alguma coisa dentro de si.

— Uma verdadeira equipe — prosseguiu Bruno. — Os melhores da região. Mário, você conhece alguém nas redondezas que seja tão eficiente quanto o Erandi?

Mário respondeu que não. Ia dizer que ele era o único cortador que conhecia, visto que nunca trabalhara em outra olaria, e na Stein somente na entressafra, quando o serviço em casa diminuía, mas não quis decepcionar o parceiro.

Erandi estava radiante, dentes à mostra.

— E você? — disse o velho, dirigindo-se a ele. — Conhece alguém tão caprichoso quanto o Mário? Alguém que faça filas tão perfeitas, sem amassar os tijolos?

— Não, não conheço — respondeu.

— Pois é o que lhes digo, temos um plantel de elite.

Sempre quisera uma turma assim, mas estava difícil. Quando um não era relapso, o outro era relaxado.

— Agora sei que posso ficar sossegado, não posso?

— Pode — responderam os três em coro.

15

Helena, irmã de Carlos, tentava convencer Verônica a participar do baile pré-carnavalesco dali a duas semanas, no clube. A amiga negava-se.

— Mas por quê? — perguntou a outra, espanador na mão.

— Não quero magoar o meu avô.

— Ora — indignou-se Helena —, manda esse velho à merda, que saco. Esse teu avô é muito baixo-astral, cruzes. Sujeito mais careta.

Verônica inquietou-se, talvez mais por perceber o quanto o estimava, porque se ofendia, do que propriamente pelas palavras da irmã do namorado. Continuou a folhear a revista em silêncio, ouvindo-a falar com desprezo das pessoas que se fechavam em seus preconceitos, que em tudo viam malícia, enquanto passava os olhos pelas fotos coloridas. A todo instante, Verônica conferia a hora, o tempo arrastava-se. Depois, quando tivesse Carlos nos braços, os ponteiros desandariam. Sempre que se encontrava nessa agonia considerava se não seria melhor casar. Passada a vertigem (porque era uma vertigem, a estranha atração do abismo), reconsiderava, não, não podia cometer essa loucura, não porque não queria acabar como Olga, cuidando de panelas e conversando com flores, nem como Valéria, espectro sem vez nem voz. Precisava fazer uma faculdade, ter uma profissão, ser independente. O mais difícil seria convencer a família a deixá-la ir para uma cidade estranha, sozinha. Fosse homem, fariam questão, pensou com raiva. Se recusassem, já se decidira, romperia com eles, trabalharia para custear os próprios estudos. Carlos era o outro problema. Ele não queria abandonar Pau-d'Arco, incapaz de sonhar e lutar por alguma coisa além de seu emprego no banco, e não a deixaria partir, tinha medo da distância, apesar das muitas promessas que ela fazia de não o esquecer. Carlos ria de seus planos, ironizava. Chegara ao ridículo de sugerir que ela fizesse Administração de Empresas, único curso superior em Pau-d'Arco. Ele que não insistisse em lhe barrar o caminho, ela o advertira. Então você não me ama, ele dissera, os olhos cheios d'água. Ser capaz de magoá-lo deixava-a excitada, como a criança que aprisiona a borboleta e com ela brinca antes de arrancar-lhe as asas. Verônica sorriu à lembrança do namorado em prantos.

— E daí? — tornou Helena. — Decidiu o quê?

— Não sei — respondeu Verônica. — Vou pensar um pouco mais.

— Pensando morreu um burro — retrucou a outra

Dona Marlene assomou à porta, oferecendo-lhes chimarrão.

— Boa idéia — exclamou Verônica —, abre o apetite.

Helena disse, brincando:

— Mãe, ela vai comer tudo.

Verônica respirou fundo, enlevada com o cheiro dos bifes acebolados e do feijão com toucinho, e acrescentou:

— Vou mesmo, porque ninguém cozinha como a tua mãe. — Dona Marlene sorriu, satisfeita.

Não era possível que as duas não soubessem, mulher fareja essas coisas. No entanto, jamais percebera nelas o menor ar de censura. Quando Carlos a convidava a ouvir música, sentia-se enrubescer da cabeça aos pés. Disfarçava, pedia um disco ou livro emprestado, escorava-se no batente e só depois de conferir se nenhuma delas estava olhando, esgueirava-se quarto adentro. Ele fechava a porta, punha a vitrola a funcionar e beijava-a com fúria, a mão alisando-lhe as coxas, subindo o vestido, os dedos procurando arredar a calcinha. Vários meses para chegar à penetração. Primeiro, a mão tocara os seios, delicada; depois fora evoluindo, testando as reações, descendo, conquistando terreno, queimando, entrando com ternura no seu sexo quente, primeiro um dedo, depois o outro, dilatando, preparando, até o ato se tornar completo, sexo no sexo. Mas agora o prazer não era o mesmo, não havia mais o lento caminho dos dedos. Ávido, Carlos esquecia-se de excitá-la.

16

— E a Verônica? — perguntou Bruno.

— Foi a Pau-d'Arco — respondeu Olga.

— E o Luís, quando volta? — dirigiu-se o velho a Valéria, sem fitá-la.

— Hoje à noite, ou amanhã — disse a nora.

Bruno levantou a cabeça e deu com os olhos dela, fixos. Manteve o olhar, sentindo-se como que sugado. Valéria, ele observava pela primeira vez, tinha os olhos amendoados e ternos, as feições do rosto conservavam muito ainda de beleza e juventude. Ali, naquele instante, desejou que a máquina do tempo se detivesse, que seus movimentos se congelassem, e ele pudesse ficar assim, uma eternidade, fitando-a. Conseguira espantar a visão de sua nudez, mas não a sensação de afogamento, como se estivesse num pântano, imóvel para não afundar mais depressa, pássaro magnetizado diante da cobra. De quem a força?, perguntava-se, porque sentia que Valéria era incapaz de desviar os olhos, entregue, exposta, tão nua quanto a surpreendera no banheiro, e sem a sombra do pânico, nem sequer um átimo do pânico que o devorava.

— Nunca se viram? — perguntou Olga, súbito, pondo o Universo outra vez em ação, rompendo o frágil e intenso liame que os unia.

— Você andou chorando? — perguntou Bruno, buscando justificar sua atitude inconseqüente.

— Dormi mal — respondeu Valéria, num esboço de sorriso e cumplicidade.

Olga remexeu-se na cadeira, encheu a boca de alimento. As duas haviam brigado, informou Luísa, a neta mais nova.

— Metida — esbravejou Eunice.

— Quietas — implorou Valéria.

A confusão aumentou, gesticulavam todas ao mesmo tempo. Olga, aos borbotões, rubra de cólera, misturava palavras alemãs e grandes bocados, fungando e mastigando, chamando as netas de preguiçosas e a nora de relaxada. Chegara da roça e encontrara a cozinha bagunçada, o arroz queimando no fogão, roupas íntimas jogadas no banheiro. Para que as visse, quando fosse ao banho?, eriçou-se Bruno. A imagem da nora sob a água, sorrindo lúbrica, invadiu-lhe o pensamento. Procurou refugiar-se na lembrança de suas estátuas, no trabalho árduo que elas lhe davam, no sentido ou no sem sentido da arte. Sentia-se bem no meio delas, precisava reconhecer, exatamente porque não eram dotadas de paixões e não infernizavam a sua vida. Talvez sim, pensou. Ou não era uma espécie de paixão a resistência da estátua Verônica, o seu rosto cambiante? Agora, ao tornar a encarar a mulher que se engasgava em impropérios e batatas cozidas, percebia que não eram estes os traços que aprisionara no barro. Onde o equilíbrio entre as maçãs e os maxilares? Também a sensualidade que dera à obra não correspondia ao modelo vivo. Observou atentamente o rosto da companheira. Não, a que moldara não era esta. No galpão, encontrava-se uma outra Olga, talvez uma que estivesse na sua memória, ou fruto de seu desejo, mas não esta, definitivamente não. Ou tinha a arte o dom de, ao reproduzir o real, mudar-se em nova realidade? Lógico, agora compreendia. Verônica resistia porque tinha personalidade, porque o barro, ao adquirir forma, exige que os dedos do escultor obedeçam à mecânica da própria forma. Sorriu ao compreender que a luta podia cessar, não precisaria mais violentar-se para alcançar a perfeição do rosto de Verônica, ele viria do próprio barro. Explodiu numa estrepitosa gargalhada.

— Ao ser criada, a criatura cria o criador — disse em voz tão alta que espantou as cinco mulheres e fez cessar a discussão. — Deus criou o homem porque não existia sozinho — continuou, o riso borbulhando na boca.

— *Ist verrückt* — exclamou Olga, dirigindo-se a Valéria.

Ainda rindo, Bruno levantou-se, derrubou a cadeira atrás de si e, sem recolocá-la na posição normal, saiu para o avarandado, dizendo:

— Não, Olga, eu não estou louco.

* * *

Mas eu estou, pensou Valéria, estou completamente louca. Abandonou a mesa antes que a discussão recomeçasse. Desde o banho, um só pensamento a perseguia, as mãos de Bruno, ásperas e grandes, a percorrer-lhe o corpo. Sempre tão segura de si, capaz de dominar as alterações de ânimo, entregava-se agora a esta paixão desvairada, impossível. "Não é verdade que isto esteja acontecendo", murmurou. No espelho, seus lábios se moveram. Percorreu os dedos pela face, acariciou o pescoço. Talvez ainda fosse possível ser feliz. Viver um grande amor, maior que tudo quanto sonhara na juventude. Deus, por que só agora, quando já não sou mais capaz de me iludir? E por que com o mais proibido de todos os homens? Dos olhos da mulher no espelho despencavam lágrimas ardentes, lentas e constantes, e que a outra, do lado de fora, bebia como se fosse cicuta depositada no fundo de um copo, irreversível, o veneno da vida e do amor, descoberto tarde demais, e impossível demais.

17

Havia alguns minutos que estavam ali, sob o eucalipto, conversando. Mário expandia-se, contava passagens de sua vida, o ano que passara cumprindo o serviço militar, em Itaqui, as perseguições de um sargento miserável, a vida em caserna, a comida quase podre, as marchas na campanha, em pleno inverno, o minuano atravessando as japonas e camisetas e gelando os ossos, a cachaça no cantil, o treinamento de tiro, um ano completamente perdido, inútil, a sua alegria com o retorno à terra natal, apesar das dificuldades da pequena propriedade, da exorbitância do custo dos insumos, das bebedeiras do pai, da falta de diversão (porque o outro lado do rio não era servido de luz elétrica e assim não tinham televisão e também porque os bailes e as festas eram cada vez mais escassos, as pessoas preferiam ficar em casa vendo as novelas) Gabriel ouvia-o com gosto, admirava-se de sua eloqüência, chegava a imitar-lhe os trejeitos. Sua satisfação acabava por incentivar o parceiro a que adornasse os fatos corriqueiros e os transformasse em aventuras inverossímeis. Se acaso franzisse o cenho, ou retesasse o corpo, forçando-o para trás, em evidente manifestação de incredulidade, Mário apressava-se em citar testemunhas e rapidamente enveredava por outros temas. Evitava então os olhos perscrutadores do parceiro, girando a cabeça à esquerda, detendo-se no cinamomo que mediava o caminho entre o dormitório dos empregados e a residência dos patrões, depois retornava, olhando por cima de Gabriel e ao seu redor, descaindo até o cascalho e aos próprios pés. O silêncio se prolongava.

Angustiado, Mário exclamava:

— Pois é...

Gabriel assentia, resmungando.

Mário soube que atrás de si alguém se aproximava pela súbita iluminação e fixidez do rosto de Gabriel.

— Senta aí — disse sem se voltar, supondo que fosse Erandi, e indicando uma raiz exposta do eucalipto.

— Obrigado — ouviu Bruno dizer.

Ficou lívido e, desculpando-se, acrescentou:

— Não sabia que era o senhor.

Levantou-se e ofereceu a cadeira, indo acomodar-se na raiz da árvore. Bruno continuou de pé.

— E o Erandi? — perguntou o velho.

— Foi tirar uma soneca — disse Mário.

— Que tal se a gente caminhasse um pouco — sugeriu Bruno, porque necessitava conversar, movimentar-se, para evitar os tortuosos pensamentos —, faz bem pra digestão — acrescentou.

Ambos saltaram, colocando-se um à sua esquerda e outro à direita.

— Vocês são os meus guarda-costas — disse, brincando, o velho oleiro.

Andaram do eucalipto ao forno, dobraram à direita, tomando o caminho da ponte, atravessaram a taipa do açude e seguiram até um pau-d'arco remanescente. À sombra dele, Bruno indagou-lhes:

— Gostam de peixe?

— Eu gosto — disse Gabriel.

— Eu também — afirmou Mário.

— Pois eu estava pensando em limpar o açude e criar carpas — disse Bruno. Ficou em silêncio, olhando para a água.

— As traíras iam acabar com elas — lembrou Mário.

— Não se a gente secasse o açude e só colocasse alevino de carpa — continuou Bruno.

Mário concordou.

— Quando cheguei aqui — continuou Bruno — tudo estava tomado de aguapés e junquilhos. Um dia, tive a idéia de colocar uma *espera,* só pra ver. Não acreditava que houvesse peixe. Na manhã seguinte, ao puxar a linha, achei que tivesse enroscado nos junquilhos, tanto era o peso. Peguei três de uma só vez, traíras da grossura de um braço.

— Como? — surpreendeu-se Gabriel. — Três peixes num anzol?

— Uma comeu a isca e as outras duas estavam comendo ela quando puxei. As duas caíram na taipa, mas a outra estava bem fisgada.

Mário riu. Gabriel fitou-o, quase o repreendendo pela audácia.

— Pode rir. As traíras, quando estão com fome, devoram umas às outras, não sabia?

— Não — disse Gabriel, impressionado.

— A mãe come os filhotes — acrescentou Mário.

— Credo — exclamou Gabriel, espantado com a crueldade dos peixes.

— São como os homens — assegurou Bruno —, as traíras são como os homens.

— É a lei do mais forte — disse Mário.

— É... — murmurou Bruno.

Ficaram algum tempo em silêncio. Depois, Bruno prosseguiu:

— Se tivéssemos vencido as eleições, eu poderia pedir um favor ao Genésio. Ele não ia me negar a máquina da prefeitura. Mas agora, com esse novo prefeito, depois que neguei apoio, ia me arrancar os olhos.

Suspirou.

— O melhor é deixar como está. E não adianta colocar alevinos, a água da chuva, envenenada com os agrotóxicos, acabaria com eles em poucos dias.

— Não custa tentar — disse Mário. — Se o Gabriel e o Erandi topassem, a gente podia limpar... — continuou.

— O Erandi? — retrucou Gabriel. — Acho difícil.

— É muito trabalho pra dois. Não fosse o reumatismo, eu ajudava vocês.

— Que nada, eu e o Gabriel conseguimos. É só desviar a vertente e deixar o capim secar.

— Dou a terça parte dos peixes pra vocês — disse Bruno, animado.

— Negócio fechado! — exclamou Mário.

Combinaram desviar o curso da vertente dali a dois dias, no sábado à tarde. E algumas semanas depois, quando os junquilhos e os aguapés estivessem secos, fariam a limpeza e, depois, encheriam o açude de alevinos.

18

— Estou de mal com o mundo — disse a Carlos, quando ele tentou amá-la.

— De novo? — perguntou o namorado, desconfiado.

Verônica assentiu e acrescentou que fazia quase um mês da última menstruação. Carlos afastou-se dela.

— Ao menos, não estás grávida.

— É — disse Verônica —, ao menos isso.

Fitou o namorado, um pouco arrependida de lhe ter mentido, mas satisfeita com o teste a que o submetia. Esperou um carinho, um beijo, e nada. Sequer um olhar terno. Antes o descaso, como se ela não existisse, como se não estivesse ali. Realmente, o interesse dele reduzia-se ao que ela tinha entre as pernas. Sentiu-se engasgar, mordeu o lábio inferior. Concentrou-se na música, *I started a joke*. Carlos trocou de camisa, pôs a gravata.

— Você gosta de usar isso?

— O banco exige — respondeu ele, lacônico.

Vá, vá embora logo, ela pensou, antes que eu acabe a bosta desse namoro.

— Tenho de ir — disse Carlos, tentando beijá-la.

— Tchau — respondeu Verônica, negando-lhe os lábios, mas lhe oferecendo a face.

Carlos saiu, ofendido.

Ela ficou mirando a porta, enquanto a vista se embaciava. Depois, enxugou as lágrimas e esperou a música terminar.

Despediu-se de Helena e Dona Marlene, teria de passar na farmácia antes de tomar o ônibus, justificou-se. Percebeu a rápida troca de olhares entre ambas, por isso acrescentou, imprimindo à voz um falso tom de enfado:

— Remédios para o meu avô.

Dona Marlene reteve-a no portãozinho, queria saber detalhes sobre o caso dele, quais as drogas que tomava, se fazia dieta etc. Verônica aproveitou para mostrar as receitas e afastar as possíveis desconfianças. Conseguiu escapulir antes que ela repetisse a história de Antônio, seu marido, cardíaco também, falecido há três anos. Da calçada, voltou-se e abanou.

— E o baile? — insistiu Helena.

— Vou pensar — respondeu.

O sol reverberava nas paredes, tremeluzia. Se *esquecesse* os remédios e o velho tivesse uma crise, estaria livre. Não mais os seus conselhos e catarros, não mais a sua presença sufocante. Construiu a cena, calculando o tempo que o empregado levaria para ir até a vila buscar um carro de praça, mais a viagem à cidade, a demora de atendimento no hospital. Surpreendeu-se com a crueldade de seu pensamento. Estou louca, pensou, enxotando o delírio criminoso.

Ao passar diante da única banca de jornais da cidade, deteve-se para comprar *Capricho*, a revista de fotonovela preferida. Aproveitou e levou também *O Clarim*. Faria uma dupla surpresa ao avô, os remédios e o jornal semanário.

Na farmácia, pesou-se. Um pouco acima do normal, urgia fazer regime. Hoje mesmo deixaria de comer massas e doces.

Consumiu o tempo de espera, na estação rodoviária, folheando a revista, examinando as figuras exóticas que chegavam e partiam, colonos mal-vestidos sobraçando dúzias de vassouras de fabricação caseira, cestas de ovos e frutas, índios que regressavam para a reserva depois de terem percorrido as ruas da cidade vendendo os seus trabalhos de vime, balaios, enfeites, embriagados, murmurando imprecações, cantarolando lamentosas canções, semelhantes a uivos e que lhe causavam arrepios.

* * *

Com o ônibus já em movimento, deixou-se invadir por devaneios. Viajava não para o interior de Pau-d'Arco, mas para uma cidade distante, luminosa, em que milhares de pessoas se movimentavam freneticamente. Imaginou-se saindo de um mar azul, os cabelos escorridos, o corpo brilhando sob o sol, esbelta, balouçando sensualmente as ancas, extraindo exclamações e assobios de rapazes bronzeados, de pernas, troncos e braços torneados, esculturais. Um deles se aproximava, envolvia-a nos braços, beijava-a com fúria inusitada. Só então, depois de passado o estupor e a vertigem, é que o reconhecia, era Robert Redford. Robert Redford, meu Deus. Naquele instante de suprema glória, saído das brumas, das cinzas, da cinzenta realidade, surgia Carlos, trespassando-a com o olhar acusador, vingativo, olhar que emitia faíscas de ódio. Enquanto o ônibus a levava não para o mundo deslumbrante, mas para o ambiente familiar que detestava, indagou a si mesma se seria capaz de amar um astro, de envolver-se carnalmente com um desses luminares do cinema e da televisão, se por um milagre encontrasse subitamente algum deles. Não, reconhecia que não. Permitia-se sonhar, apenas porque tinha absoluta certeza de que não havia a mínima possibilidade de o sonho concretizar-se. Era fuga, percebia, tanto pensar em coisas impossíveis, fuga da mediocridade e sensaboria de sua vida. Mas não sonhar era entregar-se, deixar-se esmagar como Valéria, reduzir-se a pó, resignar-se à solidão e ao silêncio.

Talvez o incessante movimento dos objetos desfilando diante dos seus olhos ou o ronronar macio dos pneus sobre a estrada, ou os solavancos e o balanço nas curvas, ou o ruído do motor, o entra-e-sai de passageiros, as conversações, os reencontros, ou tudo isso junto provocava-lhe uma sensação de torpor, um meio caminho entre a lucidez e o sonho, que lhe aguçava a sensibilidade, aumentava nela o gosto pelas viagens. Irritava-se apenas de ter de dividir o espaço com outro passageiro. Colocava a bolsa sobre o assento ao lado, numa clara evidência de que não desejava vê-lo ocupado, mas, às vezes, ou por falta de lugares vagos, ou por indiscrição, alguém vinha sentar-se ali.

Não respondeu às primeiras perguntas da mulher, sequer as ouviu. Enfim, dobrou-se à insistência.

— Você não é neta do Bruno Stein?

— Sou.

A mulher não deu trégua. Era velha conhecida, se ela duvidava que indagasse ao avô. Verônica respondeu ao interrogatório sobre a doença de Bruno, assombrou a outra ao afirmar que ele continuava em atividade.

— Qualquer dia, vamos visitá-lo — prometeu a mulher.

Verônica disse que seria bom, o avô gostava de visitas. Mas eu detesto, sentiu vontade de acrescentar. Felizmente aproximava-se o local de desembarque. Puxou a campainha e despediu-se da mulher. Não se preocupasse, não esqueceria de recomendá-la ao avô.

* * *

As irmãs assistiam a um desenho animado.

— E o pai? — perguntou a Eunice.

— Ainda não veio — respondeu Sandra.

Verônica largou o jornal sobre a mesa de trabalho do avô, no quartinho dos fundos. Ao passar pela cozinha, serviu-se de pão de milho com *Schmier'käse* polvilhado de açúcar e meteu-se no quarto para ler a revista, depois de colocar as caixas de remédio na cristaleira, ao lado da estatueta que Olga ameaçava jogar fora qualquer dia desses.

19

À tarde, repetiu-se o trabalho da manhã. Gabriel esforçava-se ainda por manter o amassador cheio, mas não mais com tanto empenho, compreendera que não podia esgotar-se nas primeiras horas, porque as outras, vingando-se de sua pressa, tornavam-se mais compridas e pesadas. Erandi, por sua vez, já não desejava que o motor tivesse maior potência, reconciliara-se com o mundo depois dos elogios e da sesta.

Bruno gradeou tijolos, Mário puxou carrinhos. Conforme era hábito, ao final do expediente, sentaram-se todos à sombra do eucalipto.

— Amanhã, vamos puxar barro — anunciou Bruno, retornando da cozinha com a água quente e a cuia para o chimarrão.

Tomou o primeiro, que sorveu com paciência, e depois estendeu o segundo a Erandi, obedecia à hierarquia cronológica. Primeiro os mais velhos, os mais antigos. Titubeou ao encher a terceira cuia, não sabia se a ofertava a Mário ou ao novato. Gabriel agradeceu, não tomava.

— É muito bom pro estômago — assegurou Bruno.
— O chimarrão é laxativo e refrescante — continuou.

— Tomar água quente com esse calor — murmurou Gabriel.

— É estranho, mas a gente sente menos calor depois de um mate quente — disse Bruno.

— Vai ver que é por isso que vocês estão suando desse jeito — prosseguiu Gabriel.

O novato não se entregava com facilidade.

No horizonte, as nuvens, que no dia anterior haviam-se deslocado de sul a oeste, avançavam agora para o leste.

— Teremos chuva de madrugada — falou Bruno, enquanto a cuia era enchida pela quarta vez.

— Com chuva, não dá pra puxar barro — disse Erandi.

— Vem uma pancada rápida — continuou Bruno —, só o suficiente pra amolecer o barro que já está arrancado.

— Prefiro barro seco — disse Mário —, é melhor de palear, não gruda na pá.

Gabriel acompanhava, atento, o desenrolar do diálogo. Agastou-se, a nova atividade dependia também de paleador. Esteve a ponto de indagar detalhes sobre o trabalho, mas se retraiu, receando passar por ignorante.

— É melhor fechar os galpões — disse Erandi.

— Ainda não — respondeu Bruno —, deixa o vento trabalhar por nós.

— Quando vamos enfornar? — quis saber Mário.

— Segunda-feira — disse o oleiro.

— Devíamos fazer uma cobertura nova — continuou Mário.

— Tem razão, mas se a gente controlar o fogo direitinho, não haverá problema. Teu pai ainda tem lenha?

— Uns dois ou três metros.

— Guajuvira?

— Que nada, só açoita-cavalo, da beira do rio. Derrubamos o último matinho no ano passado, pra plantar soja. Agora é só rastolho, uns dois ou três metros.

— Três metros? — espantou-se Gabriel. — Só isso?

— Cúbicos — apressou-se Erandi, superior.

Gabriel jurou nunca mais se meter em assuntos que desconhecia.

— E o preço? — perguntou Bruno.

— Ah, não sei. Se o senhor quiser, vejo com o pai...

— Não precisa — disse Erandi, indicando a figura cambaleante que se aproximava —, ele vem vindo aí.

Um pouco mais e ouviu-se Arno Wolf, que cantava, ria, gesticulava, xingava inimigos imaginários.

— Boa tarde — disse com voz pastosa e arrastada.

— Boa tarde — responderam.

— Tudo bem, *doutor* Bruno Stein?

— Tudo bem — respondeu o velho oleiro.

— Pai, tu não toma jeito — exclamou Mário, furioso, agarrando-o pelo braço.

— Tomo cachaça — respondeu Arno com uma seriedade que fez todos rirem.

— Vem comigo — disse Mário a Gabriel, já a arrastar o pai.

Bruno estendeu a cuia e a chaleira para Erandi.

— Não quero mais — disse o oleiro.

— Eu também não — repetiu o empregado, fitando os três que se afastavam, tornando o caminho da ponte.

Espicaçado por ter sido preterido por Mário para conduzir o pai, Erandi recolheu-se à casa velha.

20

Indeciso entre ouvir música ou trabalhar nas esculturas, Bruno Stein quedou-se sob o eucalipto, a ruminar. A presença de Arno Wolf sempre lhe trazia à lembrança o próprio pai. Pareciam-se, eram semelhantes inclusive na estatura e nos traços, no corpo espigado, no cabelo curto e escuro. Aquela era a imagem que guardava dele, posto que morrera jovem, sequer tendo atingido os quarenta anos de idade. Tivesse vivido mais e certamente seu cabelo se tingiria de branco, como o dele próprio. Bruno consolava-se pensando que após a morte o reencontraria e poderiam então compensar o tempo perdido. Súbito, tão sutilmente quanto a aragem que fazia estremecer as folhas do eucalipto, considerou a possibilidade de não o ver mais. Atingido pela angústia, contemplou o imenso vazio do céu. Estou só, pensou. E estarei absolutamente só, flutuando no nada. Morto, murmurou, sentindo a tremenda solidão do não-ser. E a fé? A fé no retorno do Cristo, na ressurreição do corpo e do espírito? Ficou repetindo: "Fé, fé, fé." A palavra, repetida assim, mecanicamente, esvaziava-se de sentido. Bruno balbuciou o próprio nome, dezenas de vezes, até que o som que o representava também nada representasse. Insuportável, a idéia. A fisgada atingiu-o no peito, escurecendo a vista por um momento. Fulminou-o a visão do frasco vazio, a dúvida. Consumira ou não o último comprimido ontem à noite? Não teria Olga esquecido de controlar a quantidade?

Atravessou o pátio quase a correr. Apanharia o vidro e não encontraria mais a salvação, o ar começaria a faltar, a dor aumentaria até o paroxismo. Alegria, incontrolável alegria, maior do que se acreditava capaz, vontade de rir e chorar, foi o que sentiu ao contemplar o vidro cheio, ainda intacto, no interior da cristaleira. Trêmula, sua mão direita conduziu o minúsculo comprimido para debaixo da língua. As artérias foram se dilatando, o pulso retornava ao ritmo normal.

— O que foi, *fata?* — indagou Verônica.

— O remédio — conseguiu dizer. — Pensei que tivesse acabado — continuou antes de desabar sobre a cadeira mais próxima.

— Tinha, mas eu trouxe dois vidros de Pau-d'Arco — respondeu a neta.

Bruno atraiu-a para si, envolvendo-a num abraço. Mais que o contato da carne rija de encontro à face, o roçagar do seio túmido, a consciência da fraqueza de seu gesto devolveu-lhe o domínio da situação. Afastou-a, brusco, espantando-se com a própria violência, espantado também não só do primeiro, mas ainda do segundo ato, ambos intempestivos e que revelavam a sua agitação interior, e, descontrolado, o rosto em fogo, o corpo como que percorrido por uma violenta descarga elétrica, escondeu-se no escritório, deixando Verônica estupefata e furiosa pela sua falta de consideração.

Bruno fechou a porta à chave, colocou um disco na vitrola, um pesado e grosso disco, e esparramou-se no sofá. Os suaves acordes do terceiro movimento da Sinfonia nº 40, em Sol Menor, de Mozart, encheram a peça. Diminuiu o volume, antes que viessem chamar a sua atenção. Deixou que a música entrasse não apenas pelos ouvidos, mas também pelos poros. Mozart, sopro de Deus, prova maior da divindade revelada no homem. Ao som dos acordes misturou-se o rumor de água e assaltou-o a visão do corpo nu de Valéria, os seios de porcelana, o ventre, as ancas largas, o púbis revolto, as coxas que lembravam colunas de mármore.

— Pai nosso, que estás no céu, santificado seja o teu nome — balbuciou, na tentativa de afastar a tentação, a visão maligna que o vinha atormentar. As lágrimas despencaram de seus olhos. Fechou-os por um momento, os lábios prosseguindo no ciciar devocional, enquanto a mente tentava imaginar a apoteose de luz, o esplendor e a glória de Cristo, mas conseguia apenas deter-se na imagem de um corpo aureolado de sensualidade, incendiado de desejo, irisado sob os seus olhos ardentes. Os ouvidos recebiam a pureza e a simplicidade do minueto, sua alegria celeste, espontânea e cristalina, e aumentavam-lhe, por um lado, a sensação quase física do Inefável, e, por outro, a vontade de entregar-se ao gozo da carne, deixar-se consumir pelas labaredas do sexo.

Ao reabrir os olhos fitou a escrivaninha e percebeu um jornal dobrado sobre ela. Tomou-o nas mãos, sem intenção de ler, sequer cogitando de quem o havia depositado ali, como se examinasse um objeto desconhecido. Chamou-lhe a atenção a horrível foto na primeira página e o título da manchete em vermelho, que anunciava a morte, por assassinato, de um jovem de família conhecida.

Leu:

"Na madrugada do dia 18 de janeiro foi morto o jovem Marcos Bergman, filho do empresário Heirich Bergman, Diretor-Presidente de Bergman & Cia Ltda., conhecido atacadista da cidade de Pau-d'Arco. O jovem sofreu retaliações e violência sexual. O crime, com requintes de selvageria, ainda não tem culpados. O delegado de Polícia, José Pedroso, acredita que o crime seja vingança política, pois Bergman possui muitos inimigos, principalmente por seu posicionamento firme ao lado do governo. Nossa cidade perde um jovem dinâmico, ativo participante da vida comunitária, membro do Leo Clube. A população, revoltada, clama aos administradores públicos maiores verbas para a Segurança Pública. Faz-se necessário dotar a Polícia Civil com novas viaturas e maior contingente. O Prefeito Municipal afirmou que está abismado com o episódio que vem manchar a história de Pau-d'Arco. Sua Excelência já tomou providências, inclusive enviou telegrama ao Secretário de Segurança, Lomar Jan, e prometeu que em sua próxima visita à capital do Estado solicitará pessoalmente ao titular daquela pasta medidas enérgicas para conter a violência que começa a assolar a pacata e ordeira Pau-d'Arco."

* * *

Isso é a televisão, pensou. Esses filmes de assaltos e crimes, essas novelas despudoradas. Conhecia o pai do rapaz, fora seu colega de ginásio. Compadeceu-se dele, ao mesmo tempo que procurava a causa para o castigo que o atingia. Bergman devia ser homem de muitos pecados, arrogante, descrente. Deus imolara-lhe o filho para reconduzi-lo, ovelha desgarrada, ao rebanho. Bruno examinou-se e concluiu que se mantinha dentro dos preceitos bíblicos, acreditava no poder purificador do sangue de Cristo. À recordação das heresias e lubricidade de ainda há pouco, apressou-se em pedir perdão. Teria ofendido o Espírito Santo? Pecado imperdoável titubear por um segundo, deixar-se levar por uma visão maligna? Não, Jesus tivera também o seu momento de indecisão, quando no Jetsêmane rogara ao Pai transferir a outrem o cálice da amargura. Mas teria o Mestre desejado alguém?

— Pesado foste na balança e achado em falta — ouviu dizer no interior de si um severo juiz.

21

A trinta passos da cancela, em terreno tão íngreme e pedregoso que impossibilitava qualquer tentativa de cultivo de soja, e que por isso estava reservado à cana-de-açúcar e à plantação de piaçava, com que se confeccionavam vassouras, Arno desprendeu-se dos rapazes, derreou e caiu. Gabriel tentou levantá-lo, agarrando-o sob as axilas, mas o corpo flácido escorregava, inutilizando os seus esforços. Impressionou-o a indiferença de Mário, que se pôs a rir.

— Deixa essa peste aí — ele disse. — Mais tarde, quando o porre tiver passado, ele se esconde no paiol.

Em época distante e tantas vezes rememorada, Arno Wolf instalara a casa de madeira sobre uma elevação do terreno, próximo a um lote de araucárias, além do rio, mas dele não muito distante, de tal forma que fosse possível ter sempre à mão não só água fácil para o banho, mas também para a lavagem das peças de tergalina e fustão, lençóis e fronhas, quando ainda se importava em minorar os sofrimentos da mulher.

O acre odor de estrume fermentado atraiu o olhar de Gabriel em direção ao estábulo.

— Minha mãe — disse Mário, indicando a mulher acocorada quase sob os úberes da vaca.

Aproximaram-se. Dona Almerinda, depois das apresentações, ofereceu-lhes uma caneca de apojo. Mário bebeu a metade, de um só gole. Estendeu o restante a Gabriel, que recusou.

— Não gosto — disse.

— Também prefiro fervido — falou ela.

— Nem fervido — continuou Gabriel.

— Melhor pra mim — disse Mário e emborcou o restante do líquido, estalando a língua contra o céu da boca.

Dona Almerinda explicou as propriedades curativas do leite. Contou sobre a ocasião em que Arno, o marido, passara mal depois de fumegar veneno na lavoura. Ele chegara do trabalho com dor de cabeça e ânsia de vômito. Dera-lhe bastante leite, enquanto Mário corria à casa de seu Bruno para pedir emprestado o tratorzinho. Graças a Deus que seu Luís estava, porque o velho era até capaz de negar. Foram à cidade de caminhão. Primeira vez que entrara num, tinha gostado demais, ela afirmou, principalmente do assento macio e do rádio. No hospital aplicaram lavagem no Arno — ela riu —, deram-lhe injeções e soro. O médico lhe dissera:

— A senhora salvou a vida dele.

Não entendera direito as explicações do doutor, mas desde então usava leite pra tudo.

— Pra bebedeira também? — perguntou Gabriel, mais por impulso que ironia, sem malícia nenhuma, arrependendo-se em seguida, intimidado pelo olhar feroz que ela lhe dirigiu.

— A gente trouxe o pai — interveio Mário. — Ele andou bebendo de novo.

— Gastou o dinheiro das minhas compras — exclamou dona Almerinda, arrancando para o arvoredo, espalhando leite pelo caminho.

— Não quis ofender — disse Gabriel olhando para os pinheiros, reticente.

— Tudo bem — falou o outro.

Ainda não tinham saído do estábulo quando ela retomou, vassoura em punho, perguntando:

— Onde está ele, me diz, onde está aquele desgraçado?

Mário apontou para a porteira. Logo depois, puderam ver Arno meter-se entre as árvores, não sem cair e levantar duas ou três vezes antes de alcançá-las, sob a saraivada de golpes e gritos de Almerinda.

— Agora, ela vai buscar pomadas e compressas — disse Mário.

Rebolando as ancas e gesticulando muito, a exata imagem de uma pata raivosa, Almerinda interrompeu a perseguição e voltou ao estábulo, passando entre eles sem dizer nada. Desamarrou a vaca e arrastou-a para o potreiro, fustigando-a com a vassoura até o cabo partir-se.

* * *

Através das tábuas do precário assoalho poderiam introduzir-se dois dedos, ou a mão de um menino, e se enxergar, fosse dia claro ainda, os porcos e os cães espojarem-se na poeira. Gabriel tentava acertar as farpas de madeira nas frestas. Quando as lascas caíam atravessadas, empurrava-as com o pé. Devia ser fácil de varrer, pensou sorrindo. Mário tentava sintonizar a Rádio Guaíba no radinho de pilha. Noite de futebol, noite de alegria. Gabriel ergueu os olhos e deu-os com os de Neli. Ambos os sustentaram, ele quase em pânico.

— Aceita um doce? — perguntou ela enfim, quando ele já estava a ponto de desviá-los, covardemente.

— Aceito — disse ele.

O leve vestido sobre o corpo delineava-lhe as formas. Perseguiu-a com os olhos, sentindo-se excitado.

Ao apanhar a rapadurinha e o pedaço de queijo de sua mão, percebeu que ela, de propósito, roçara os dedos nos seus. Não teve mais dúvidas, Neli interessava-se por ele.

— Droga — exclamou Mário, sobressaltando-os. — Não consigo — prosseguiu enervado.

Neli apanhou o rádio, colocou-o próximo ao ouvido enquanto girava o dial. Estendeu-o ao irmão, logo depois, sintonizado.

— Mão de anjo — disse ele.

— É mesmo — precipitou-se Gabriel.

Não só o rosto, mas o corpo inteiro sentiu em fogo, vontade de sumir-se pelas frestas do assoalho, transformar-se em farpa de madeira. Mário sequer levantou a cabeça, dominado pela expectativa do apito inicial. Mas Neli abriu-se num grande sorriso.

— Obrigado pela janta — disse Gabriel abrupto, levantando-se.

— Já vai? — indagou ela, entristecida.

— Já — ele respondeu.

Despediu-se de Mário, agradeceu mais uma vez pela janta. Neli acompanhou-o até a porta. Convidou-o a aparecer mais vezes, ele respondeu que sim e se afastou.

Deteve-se sobre a ponte, retirou do bolso o pedaço de queijo e o jogou no rio. Céu sem estrelas, sinal de chuva, observou. Sentou na extremidade de um dos pranchões, balançava as pernas sobre as águas. As coisas estavam acontecendo com muita rapidez, precisava organizar as idéias. Em menos de dois dias sua vida se transformara. Além do emprego, recebia carinho, atenção, amizade. Sob a ponte as águas corriam, e rumorejavam. Ficou pensando em Neli, nos seus olhos, no seu sorriso. Difícil acreditar que pudesse despertar o interesse de uma mulher branca. Reconsiderou, não sou negro. Mas para os alemães era como se fosse. A família Wolf era diferente. Mário acaso se importara em levá-lo à sua casa, em convidá-lo a entrar e jantar? Dona Almerinda não conversara com ele com naturalidade, depois de passada a raiva com o marido bêbado? Chegara a pedir-lhe desculpas pelo escândalo. Ela é que devia desculpá-lo pela intromissão, ele murmurara. Paixão, era paixão esse anseio que o invadia, essa saudade de rever Neli tão pouco tempo depois de tê-la deixado.

22

Valéria, num ângulo que lhe permitia ver as filhas perfiladas diante do aparelho de televisão, atentas aos mínimos ruídos na tela azulada, admirava-se de que o tempo tivesse passado tão depressa. Eunice completaria doze anos em breve, Verônica dezenove. Corria os olhos pelos seus rostos e inventava-lhes biografias; uma seria médica; a outra, advogada; casariam com bons partidos, não viveriam privações iguais as suas. Seriam amadas, morariam na cidade, cercadas de conforto.

— E o Carlos? — indagou.

— Ah! — exclamou Verônica com o rosto voltado para a televisão.

— Psiu... — ciciou Sandra —, a novela ainda não terminou, discutam depois, na hora da janta.

Valéria mordeu a borda do polegar, arrancou um pedaço de pele. Girou-o entre os dentes, concentrando-se também nas vidas paralelas na tela.

Depois das cenas do capítulo a ser apresentado no

dia seguinte, e antes que o *Jornal Nacional* começasse, Eunice desligou o aparelho.

Valéria levou as travessas para a varanda, enquanto Olga organizava a mesa da família na sala.

— E o outro rapaz? — perguntou Valéria a Erandi, que esperava sentado nos degraus da escadinha.

— Ainda não voltou da casa de seu Wolf — disse ele, pondo-se em pé.

— Deve estar jantando lá — comentou Valéria.

— Será? — perguntou o empregado.

A mulher não respondeu. Retomou para dentro da casa. À porta do escritório, rosto pegado no batente, ouviu Olga dizer:

— *Mann, komm essen*[1].

Algum tempo depois, Bruno saiu, resmungando. Foi até a mesa, apanhou o prato, serviu-se e trancou-se no gabinete outra vez.

* * *

Recostada contra a guarda da cama, Valéria ouviu quando a televisão, enfim, fora desligada. A descarga do vaso sanitário repetiu-se várias vezes, antes que as filhas se recolhessem. De onde estava, dava para ouvi-las comentar sobre a novela. Na cozinha, Olga lavava

---

[1] Homem, vem comer.

talheres, pratos e panelas. Depois que a sogra terminou a limpeza e foi dormir, conseguiu ouvir a suave música que vinha do escritório. Deixou-se embalar, como se as cordas a ninassem. Imaginou o sogro, a cabeça enterrada no peito, as mãos cruzadas no colo, entregando-se à melodia. Sabia que por trás da máscara de pureza, dos olhos embotados e da boca cheia de provérbios bíblicos, ardia o instinto; sob as cinzas ainda havia brasas, ela percebia, e bastava um sopro para reavivá-las. Recordou a forma como a olhara, pela manhã. Era como se aqueles olhos a tivessem atravessado, como se a possuísse em espírito. Em outras ocasiões, não muito freqüentes, surpreendia-o com o mesmo olhar, faminto. Havia, sim, brasas sob as cinzas, e o episódio da manhã fora uma rajada de vento sobre elas. Como das outras vezes, Bruno fugiria. Agora passaria meses sem lhe dirigir a palavra, evitando-a como se fosse uma leprosa. E ela haveria de consumir-se, procurando os seus olhos abrasadores. E, noite após noite, a música iria se repetir, ele encafuado no escritório ou no galpão das esculturas, enquanto ela teria de apaziguar a carne com as próprias mãos ou, com asco, entregando-se ao marido.

E se aparecesse, nua sob a camisola, diante de Bruno? Se o forçasse a vê-la outra vez, da cabeça aos pés, expondo os seios, o ventre, o púbis e as coxas?

Apurou o ouvido, a casa dormia. Olga tinha sono

pesado, o quarto das filhas ficava distante do escritório, a música abafaria os gemidos. Compôs a cena. Deixaria a camisola deslizar pelos ombros, avançaria lentamente sobre ele, ainda sentado, e agarraria a sua cabeça com ambas as mãos e aproximaria a sua boca de seu sexo. Bruno fugiria ou, rompida a armadura da santidade, atingido pela visão de seu corpo, se entregaria ao prazer?

Deslizou pelo quarto, descalça, atravessou a cozinha com passo de gata, largando a sola do pé com suavidade sobre o assoalho, alcançou o escritório com a respiração ofegante. A luz, filtrando-se sob a porta, iluminava os seus pés. Fitou-os, pareciam maiores do que realmente eram. Os acordes de flauta, e a expectativa e a indecisão entre recuar e avançar para os braços de Bruno ou para a vergonha, aumentavam o pulsar de suas veias. Inclinou-se e espiou pela fechadura. Bruno, mãos cruzadas sobre o peito, orava ou dormia.

Súbito, misturando-se às notas musicais, os cães ladraram ferozmente no terreiro.

* * *

Ao ladrar dos cães, latidos sincopados, indecisos, rosnar de reconhecimento, seguiram-se gritos agudos, pedidos de ajuda.

— Erandi, me acuda.

Afastou-se da porta, sem tempo para retomar ao quarto, pois que Bruno, emergindo de seu torpor, ouviu o ataque dos animais, saltou porta afora, gritando:

— Rex, Tom, Lessie!

Valéria encolheu-se a um canto. Viu Bruno sair para a varanda e recomendar a Gabriel maior cuidado, os cães podiam tê-lo estraçalhado. Devia ter feito amizade com eles, para que o reconhecessem quando chegasse tarde. Valéria podia aproveitar e voltar ao quarto, mas esperou. Bruno entrou no escritório, desligou a eletrola e apagou a luz. Agora vai me ver, ela pensou, ao ligar a luz da cozinha. Mas não, contornando os obstáculos no escuro, ele atravessou a casa. Ficou ainda algum tempo escorada à parede, sentindo o frio dos tijolos nas costas e nas nádegas. Tirou a camisola. Nua, pé ante pé, entrou no escritório. Sentou-se na poltrona em que ele estivera ainda há pouco. O calor, retido pelo couro, passou à pele de suas coxas, excitou-a. Escorou a cabeça para trás e imaginou-o inclinado sobre o seu corpo, beijando-a nos seios, lambendo-a no umbigo, descendo aos pêlos, introduzindo a língua no sexo intumescido, friccionando-lhe o clitóris com suavidade, aumentando a pressão aos poucos, aumentando, até que ela uivasse de prazer.

As contrações, violentas, espalhavam-se agora pela bacia, desciam-lhe às pernas. Não podia deixar que a lassidão dominasse o seu corpo. Como explicaria, na manhã seguinte, ser surpreendida dormindo nua no refúgio do sogro? Levantou-se, trêmula. Apanhou a camisola que deixara caída.

Já na cama, puxou o lençol, cobriu-se, arqueou o corpo, mordia a carne das mãos, que tomavam a forma de um feto, frágil, exposto à violência do som e da luz. Gostaria de dormir um longo sono e acordar noutro tempo, noutro lugar, onde não fosse infeliz nem houvesse desejo. Precisava deter o monstro dentro de si, cortar-lhe a cabeça, antes que perdesse o controle. Não podia ser verdade o que estava acontecendo. Apaixonada pelo próprio sogro. Fosse por um empregado, um estranho, ou até mesmo um negro. Mas, o pai de seu marido? Um absurdo, uma loucura. E, no entanto, a cada hora, como se fosse um câncer, o mal se espalhava, criava raízes, a escravizava. O pior era a absoluta impossibilidade, a certeza de que estava fadada a recuar e a se transformar em morta-viva, ou a avançar e a mergulhar na tragédia, no caos. Força para o regresso não tinha, já não se dominava. Por mais que a razão gritasse, não queria conter o incêndio, ainda que dele viesse a ser a primeira vítima.

23

Apesar do cansaço, Gabriel demorava-se a adormecer. Ficara sentado na ponte, alheio ao tempo, ouvindo a água e o vento, extasiado com os reflexos prateados do luar nas avencas debruçadas nas margens e sobre o leito do rio, refazia cada segundo que passara junto de Neli, na sala, recordava os seus olhos e o leve toque de seus dedos. Depois que saíra da casa, viera caminhando lentamente, costeando o rio, como se não quisesse afastar-se de sua amada. Pudesse e dormiria por lá, ou montaria guarda, atento aos perigos que talvez ela corresse. Depois de permanecer um longo tempo sobre a ponte, aproximara-se da casa velha, já na propriedade de Bruno Stein, sorrateiro, pisando leve. Todas as luzes estavam apagadas. Quase à porta, ouvira o rosnar agressivo dos cães e as suas sombras em movimento. Gritara pelo companheiro. Ou porque tinha sono pesado, ou porque não quisera ajudá-lo, o outro permanecera em silêncio. Ainda bem que o velho saíra em seu socorro. Tirara as roupas tremendo, o coração batia forte. Pensara em deixar a janela aberta, estava uma noite quente e abafada, mas desistira. Aqueles monstros enormes, que ainda há pouco o ameaçaram, podiam saltar pela janela do quarto adentro.

Que se lembrasse, era a primeira vez que não conseguia dormir. Mal fechava os olhos e não pensava em mais nada. No máximo, rezava uma Ave-Maria antes de mergulhar no sono. Hoje não. Hoje o pensamento dava voltas e mais voltas, e o sono não vinha. Lembrou do redemoinho que encontrara na estrada, na quarta-feira ao entardecer. Um arrepio percorreu-lhe o corpo. Repetiu o sinal-da-cruz. Precisava tomar cuidado, o Demo andava por perto, talvez encarnado num dos cachorros. Aprendera com a avó que o corrupio do vento é o diabo tentando morder o próprio rabo. E ele faz isso de alegre, depois de ter marcado alguém. Às vezes, o Cujo fica por perto, rondando a vítima, mesmo depois de ter cumprido a sua missão, só para ver a desgraça, só para se divertir. Aqueles cães, tentando atacá-lo há pouco, sim, aqueles cães, só podiam ser o sinal. Os animais enxergam a marca do Sujo até no escuro. Eles sentem o cheiro do medo e também do enxofre. Estaria com a mancha do Sem-Nome? Por via das dúvidas, ia rezar sete Salve-Rainhas, e, no outro dia, faria uma cruzinha de madeira, e a levaria sempre consigo, para se proteger. Quando desse, iria à missa, pedir que o padre a abençoasse. Aí sim, aí não haveria feitiço que fosse capaz de prejudicá-lo.

Sempre lhe eram úteis os ensinamentos da avó, conhecedora das muitas artes do Safado. Ela contava-lhe histórias incríveis, de lutas em encruzilhadas em noites de sexta-feira sem lua, das visitas de Pedro Malazarte ao inferno, das suas grandes fugas. Mas ele não tinha tanta coragem, queria era manter distância com o Tinhoso. Pareceu-lhe ver olhos de fogo espiando pela fresta da janela. Cobriu a cabeça com o lençol e balbuciou as suas orações.

24

— Sente-se — exclamou Olga, em tom de voz inabitual, imperativo.

Verônica indicou, erguendo o queixo, a cadeira que Bruno deveria ocupar. O velho quis retirá-la do semicírculo, mas foi repreendido por Luís. O espanto, o ridículo da situação, fez com que o oleiro quase sentasse fora do assento. Sandra, Luísa e Eunice puseram-se a rir baixinho. A indignação sufocava-o, tornava a sua respiração um martírio. Como se tivesse lido o seu pensamento, Valéria buscou água e comprimido. Bruno observou que a nora estava quase despida. Tentou desviar os olhos de suas coxas, mas não o conseguia. Ia dizer-lhe que fosse vestir-se com decência, para descobrir, aterrado, que desejava que assim permanecesse. Lúbrico, ele se fixou nos seus seios, deslizou o olhar pelo seu ventre, deteve-se no seu púbis. A camisola transparente revelava-lhe os pêlos escuros, abundantes.

— Porco, sujo — esbravejou Olga.

Apanhado em flagrante, Bruno repreendeu a nora:

— Valéria, vá se vestir.

Ela fez um muxoxo e cruzou as pernas.

— Podem me explicar o que significa isto? Por que me tiraram da cama a essa hora? Por acaso isto é um julgamento? — perguntou Bruno, sentindo o sangue fluir mais depressa pelas artérias.

— Sim — disse Luís —, é um julgamento. Queira ficar calado e ouvir.

Bruno alongou o olhar ao filho, súplice:

— O que foi que eu fiz?

Olga interveio:

— *Mann,* por que falas tanto? O Luís disse pra você ficar quieto e ouvir.

— Não tenho nada a ouvir — gritou, supondo dominar a situação com a energia da voz.

Os familiares não se intimidaram, explodiram em gargalhadas. Valéria foi a única a se manter em silêncio.

— Palhaçada — disse o velho e procurou levantar-se.

Luís, às suas costas, segurou-o pelos ombros. Bruno entregou-se à pressão das mãos que o retinham na cadeira, abaixou a cabeça e ouviu a mulher descrever o que tinham sido os muitos anos de casados, os seus desejos sempre reprimidos para não o contrariar; ouviu-a contar intimidades, sem nenhum pejo, dizendo que devia ter-se casado com outro, pondo em dúvida, diante de todos, a sua hombridade. Depois foi a vez de

Luís, era um pai omisso, jamais o tratara com ternura, o impedira de desenvolver-se, recusara todas as sugestões para melhorias na fábrica, sufocara-o com seu individualismo.

— Avarento — murmurara Verônica.

As outras netas acusaram-no de impedi-las de conhecer o mundo, de participar de festas e bailes, de vestirem-se como desejavam e de assistirem às novelas e aos filmes que bem entendessem.

— Chega — disse Bruno, não suportando mais.

— Ainda não — retrucou Olga.

Ouviu-se então um acorde de violino, provindo de um canto da sala. Da penumbra, surgiu um homem esquálido, cambaleante, agitando freneticamente o arco. O som subia, as notas tornavam-se mais e mais agudas. Súbito, o solo cessou.

— Não — disse o homem. — Meu filho odeia valsas e ouvirá uma em sua homenagem.

Pasmo, lívido, suspenso entre o desespero e a loucura, reconheceu-o.

— Uma valsa para Bruno Stein — exclamou o pai, curvando-se numa prolongada mesura.

Ao mesmo tempo que a valsa principiava, surgia na sala, marcando o compasso ternário com a bengala, a mãe, trajada de preto, a face descarnada, sem os olhos nas órbitas, e o convidava para dançar. O pavor endureceu os maxilares de Bruno, impedia-o de falar.

Um réptil, frio e asqueroso, a mão que o acariciou.

Conseguiu, enfim, gritar.

* * *

— Tive um pesadelo — disse Bruno, tranqüilizando a esposa.

Olga insistiu, tomasse um comprimido, se acalmasse.

Certo de que não seria mais capaz de adormecer, e também porque não desejava mergulhar outra vez naquele inferno, Bruno abandonou a cama.

Foi fumar na varanda, as imagens do sonho ainda verrumando-lhe o cérebro. As primeiras gotas da chuva que previra no entardecer de quarta-feira espatifavam-se agora contra o telhado de zinco. Aspirou o cheiro de terra molhada. Não fosse o risco de uma pneumonia, enxotaria, caminhando na chuva, a lembrança da nora em trajes íntimos, o som do violino do pai e a imagem repugnante da mãe. Tentou, entre uma baforada e outra, rezar um Pai-Nosso, mas não conseguiu. Ficou ali, no alpendre, dava largas às lembranças do sonho, reconstituía o pesadelo em detalhes, inferia símbolos, torturava-se, enquanto as sombras da noite cediam e as nuvens, fustigadas pelo vento, se afastavam.

Urgia movimentar-se, aquecer os músculos. O trabalho, pensou, o trabalho espantaria os maus pensamentos. Alimentou os porcos, os cães e as galinhas, levou as vacas ao pasto e regressou com as calças molhadas até a altura dos joelhos, do orvalho, rachou lenha, zanzou pelo pátio. Enquanto as labaredas consumiam as achas, tirou os calçados e pô-los a secar no forno do fogão. Depois de aquecer a água, preparou o mate. Sob o jugo da atividade física, conseguira permanecer mais de uma hora sem pensar, mas agora, contemplando o incessante mover-se das chamas, a visão da nora nua se reavivava. O pecado, compreendia agora, estava dentro dele, deitava raízes, alastrava-se pelos dutos da alma. Precisava detê-lo, cavar um fosso na mata incendiada, ou deixar-se abrasar até a destruição total. Sou um monstro, pensou. Um pesadelo estúpido revelava a sua face oculta, a podridão escondida nas profundezas do espírito, e jogava por terra todas as ilusões que mantinha a respeito de si próprio.

Nem justo, nem puro, nem bom.

Um monstro.

25

— Devias usar um chapéu — disse-lhe Mário.

Subiram ao carroção atrelado ao trator, sentaram-se nas beiradas, apoiados aos cabos das pás.

— Não tenho — respondeu Gabriel.

— O sol nas barreiras é terrível — continuou Mário.

— Já sei.

Quase despencaram do carroção no momento em que Erandi arrancou o trator. Da tulha às barreiras, distava pouco mais de um quilômetro. A olaria de Bruno Stein era a única na região a possuir matéria-prima abundante e próxima para a confecção dos tijolos, o que possibilitava preços levemente inferiores pelo milheiro. Com o crescente aumento nos combustíveis, ter as barreiras a um tiro de espingarda, como dizia o velho, era uma dádiva dos céus, a que se somava a economia de tempo e de controle, já que o proprietário podia vigiar a atividade dos empregados bem de perto. "A porca engorda é com o olhar do dono", Bruno Stein não cansava de repetir.

O comboio margeou o açude, subiu pela estrada vicinal, passou diante do casario, perseguido pela trinca de cães, que ameaçavam morder as grandes rodas do trator, e deteve-se, enfim, nas barreiras.

Erandi fez diversas manobras até dispor o carroção bem próximo dos montes de barro arrancado.

— Temos trinta minutos para cada carga — disse e saltou do trator.

— O velho controla tudo — explicou Mário ao novato, como se ainda fosse necessário.

Erandi retirou o pino de lança que ligava o trator ao gaiotão e voltou ao volante, usando as agarradeiras dos pneus como degraus.

— Aonde ele vai? — perguntou Gabriel.

— Buscar outro carroção — respondeu Mário.

* * *

Depois de regressar com um carro menor atrelado ao trator, Erandi ajudou os companheiros a completarem a carga do primeiro, do carroção maior.

— Temos dez minutos de folga — disse, suado.

Picou fumo, sovou-o na palma da mão, lambeu a palha, enrolou-o. Antes de tragar, explicou ao novo empregado:

— O velho não pode saber que somos capazes de trabalhar mais rápido, senão ele reduz o tempo para cada carga. Não passa pela cabeça dele que nós temos direito a descanso. Pra ele, não há diferença entre esta máquina — bateu na lataria do trator com o cabo da pá — e a gente. Outra coisa, precisamos nos unir, fazer as coisas juntos. Gabriel, nunca dê tudo de ti, porque quando ele exigir mais, tu não vai conseguir e daí — cuspiu antes de tragar — tu tá fodido. Fiquei vendo, ontem de manhã, a tua vontade de palear, e achei que tu não ia agüentar muito naquele ritmo, mas tu é guapo, tem muque. Só que se tu te mostrá muito melhor que eu e o Mário, o velho põe o garrote em nós dois, vai querer que a gente produza tanto quanto tu. Tchê, vamos jogar no mesmo time. Ele é o dono, tem o dinheiro. Nós não temos nada, só o trabalho. É uma guerra, a gente não pode deixar ele sugar tudo. Gabriel, os patrões são como os morcegos, vivem do sangue dos trabalhadores. Quando eu, tu e o Mário não tiver mais força pra levantar esta bosta aqui — ergueu a pá —, perdemos o emprego.

— Não fosse o seu Bruno — disse Gabriel —, eu tava caminhando por aí, carpindo de empreitada, dormindo em galpão.

— Tu é cego, rapaz — atalhou Erandi, furioso, cuspindo e batendo o metal da pá contra a lataria do trator.

— Que é isso, gente? — interveio Mário.

— Nosso descanso acabou — disse Erandi. — Mário, o Gabriel vai comigo.

— Não quero — disse Gabriel, carrancudo.

Erandi deu a partida, avançou alguns metros com o trator, enquanto Mário e Gabriel colocavam a outra carroça perto da barreira.

Mário acenou para Gabriel, já sentado sobre o barro no interior do carroção, antes de sumir na curva da estrada.

Subitamente, Gabriel compreendia, não só aquela pergunta de Bruno, que o deixara atarantado na noite de sua chegada, como também as diferenças entre as espécies de trabalho. Na empreitada, contava o esforço pessoal, a rapidez com que ela fosse executada, porque possibilitava novas tarefas e novos ganhos; no emprego fixo, era necessário equilibrar o tempo para cada coisa, jamais ir além do que o patrão exigia.

"Morcegos, vivem do sangue dos trabalhadores."

Não, nisso Erandi exagerava. Não conseguia ver em Bruno a figura do asqueroso animal samexuga. Decidiu garantir o seu lugar sem colocar em risco o dos companheiros. Gabriel sentia medo. A cada minuto, defrontava-se com situações que exigiam o uso do pensamento. Angustiava-se. Talvez tivesse sido melhor continuar ambulante, sem eira nem beira, trabalhando aqui e acolá. Bobagem, agora tinha o de-comer garantido, um quarto, salário fixo. Precisava era adaptar-se, não pensar demais. Além de que não teria conhecido Neli, se não tivesse tomado o rumo da olaria de Bruno Stein, pensava.

* * *

O coração ainda estava acelerado, mas já ria de si mesmo, do grito que não fora capaz de reter na garganta. Ao se debruçar sobre o espelho de água cristalina do olho-de-boi, fitando-se por entre as algas, junquilhos e aguapés, no exato instante em que aproximava os lábios da superfície, um sapo jogou-se no poço. Gabriel saltara distante, catapultado pelo próprio grito. Reaproximou-se, receoso, pronto a fugir outra vez. E só depois de localizar o cururu sob as folhas de chapéu-de-couro é que se encorajou a aliviar a sede, usando a mão em concha.

Saciado, molhou os cabelos, o rosto, os ombros. Agitou a cabeça, como um cão molhado. Esperou que a água do poço se aquietasse, tirou o pente do bolso traseiro da calça e, mirando-se no espelho da superfície, penteou-se. Ao retomar à barreira, viu um F600 deslizar pela estrada, sacolejando a carroceria vazia. Muitas vezes viajara em caminhões assim, rumo às lavouras de soja. Uma época que, se estivesse ao seu alcance determinar, não retornaria. Segurança era o que Gabriel sentia agora. Não mais o perigo das curvas empoeiradas sobre a carroceria de um caminhão, não mais a disputa com os companheiros de infortúnio. Todas as manhãs, ele pensava, teria *aquele* trabalho, que era seu, completamente seu, de mais ninguém. O motorista buzinou, Gabriel respondeu com um aceno.

Quem seria? Um comprador de tijolos ou o filho do velho, chegando de viagem?

26

Valéria sequer interrogou o marido pela demora; recebeu-o com frieza. Luís abandonou a maleta sobre o sofá, caminhou em sua direção. Estendeu o braço para tocá-la no rosto, a mulher se esquivou.

— Tive um prejuízo enorme — disse ele, tentando conversar, desconfiado de que a indiferença dela significasse o que temia.

— Prejuízo? — Valéria perguntou, como se regressasse de um sonho.

— É, tive de consertar o caminhão no porto de Rio Grande, quebrei a caixa de mudanças. Gastei uma fortuna, não consegui carga para a volta.

Esperou um comentário qualquer da mulher; nada.

— Por isso, demorei — continuou.

Valéria fitou-o com vagar, incrédula.

— Vou me lavar — disse ele —, estou precisando.

— Já tomou café? — perguntou ela.

— Sim, na estrada — respondeu Luís. — E as meninas? — ele continuou, antes de entrar no quarto.

— Estão dormindo — murmurou Valéria, cansada daquele jogo de rato e gato.

Passara a manhã esperando a entrada de Bruno na casa, para que pudesse vê-lo ao menos por um segundo, um miserável segundo, mas ele se escondera no galpão das esculturas, era óbvio. Quanto tempo ainda continuaria assim, esquivo, cabisbaixo, evitando-a como se fosse uma leprosa? Desejou que o tempo retrocedesse, para reviver o momento em que ele abrira a porta, para ser trespassada outra vez pelo fulgor inesperado de seus olhos, desejada até o mais profundo de si. Sentiu-se úmida, cadela no cio, fêmea louca. Quando Luís saiu do quarto com as roupas e a toalha de banho, ela o seguiu, fazendo-lhe um sinal para que não falasse. Havia espanto no rosto dele, e incredulidade. Os olhos de Valéria, iluminados, e o esgar sensual em seus lábios, prometiam inusitadas carícias. Antes que ele conseguisse tirar a roupa, ela já estava nua e o arrastava para debaixo do chuveiro. Sob a água tépida, a mulher cerrou as pálpebras. Bruno, ao invés de fugir, entrara e estava agora colado ao seu corpo, suspendia-a no ar, as mãos calosas e grandes debaixo de suas coxas, carregava-a, penetrava-a com fúria e a transportava para alturas jamais alcançadas. Sentiu vontade de gritar, e medo de não ser capaz de se conter, e vergonha antecipada. As filhas podiam ouvir os seus gemidos de égua no cio, o estertor de vida enfim arrancado de sua garganta, há vinte anos ali aprisionado. Depois do gozo, sem olhar para um Luís estonteado, ela se enxugou e saiu da casa quase a correr, afligindo-se não só por ter quebrado a promessa de não tornar a amar o marido, mas porque era como se tivesse traído Bruno. As lágrimas desciam-lhe pela face, alcançavam os seus lábios machucados, reagrupavam-se em gotículas sob o queixo. Deteve-se diante do galpão das esculturas. Gostaria de irromper diante dele, jogar-se aos seus pés e pedir-lhe perdão, mas nem isso ela podia. Amaldiçoou o dia em que nascera e a mulher que a parira. Fustigada pelo vento e pela intensa luz da manhã de verão, recobrou a lucidez. Traição era pensar em tê-lo, traição era desejar um corpo proibido pelas leis dos homens e de Deus. Pecado infame era a sua luxúria, e os seus vergonhosos e devassos pensamentos.

Deixou-se levar pelos próprios pés, mergulhada em si, pendulando entre a virtude, que devia preservar, e a tentação, que a atraía. Por que, meu Deus, um amor desse tipo? Há quanto tempo o monstro latejava na podridão de seu ser? Há quanto tempo espreitava nas suas entranhas o nojento animal do desejo?

— Bom dia — disseram, juntos, Mário e Erandi.

Valéria não lhes respondeu ao cumprimento. Os homens pararam de palear o barro da carroça e viram-na atravessar rente à tulha e tomar o caminho do rancho dos agregados.

A mulher não avistara ainda o teto de capim e já os cães do casebre ladravam, ferozes. Depois, mais próxima à choupana, ouviu Maria ralhar com os filhos. Os animais, depois de cercá-la, a reconheceram e se aquietaram. Bateu palmas e pensou que não devia estar ali, num momento inoportuno para visita, nem razão havia para fazê-la. Tinha necessidade de falar com alguém, para deixar de pensar naquela loucura. Imaginou a cara de espanto que a outra faria se lhe dissesse estar amando o próprio sogro. Alguém que a ouvisse e a compreendesse era tudo que Valéria queria nesse momento.

Maria surgiu no desvão da porta, enxugava as mãos no vestido, desculpava-se pela desordem.

Num caixote, próximo ao fogão a lenha, enrolado em trapos encardidos, o menino Francisco dormia. Valéria debruçou-se e ficou a mirá-lo. Pureza e inocência. Paz e virtude. Queria ser aquela criança, encolher-se à posição fetal, retornar ao líquido morno e aconchegante do útero materno. Apanhou o afilhado, embalou-o, beijou-o nas faces rosadas e foi sentar-se distante do fogão. Maria ofereceu café. Várias outras crianças saíram de um quarto depois de reconhecerem a voz de Valéria. Antes de despejar café na xícara, Maria disse-lhes que fossem brincar no terreiro, não incomodassem a tia.

— Podem ficar — murmurou Valéria, depois de sorver o primeiro gole.

— O que é isto na sua boca? — espantou-se Maria com o sangue a escorrer dos lábios de Valéria.

— Não foi nada — ela murmurou e bebeu o restante do líquido.

— Notou? — indagou a outra.

— O quê?

— O gosto do café.

Valéria comprimiu a língua contra o céu-da-boca.

— É, tem um gostinho diferente. O que é?

— Cevada — disse a outra —, misturo meio a meio, fica difícil de notar a diferença e sai bem mais em conta.

Maria ofereceu mais, Valéria recusou.

— Não gostou... — insinuou a outra.

— Não, não, é que já vou indo — retrucou Valéria, enquanto recolocava o menino no caixote.

Na soleira da porta, Maria indagou:

— E o seu Bruno, vai bem?

Valéria não respondeu. Tomou a trilha que levava ao rio, deixando para trás, além do espanto, o justo aborrecimento de Maria que, dirigindo-se à filha mais velha, disse:

— Viu? É o que dá tratar bem a essa gente. Não agradeceu pelo café, nem respondeu à minha pergunta. O que será que ela queria? No mínimo, veio espiar a nossa miséria...

— Será, mãe? Acho que não... — respondeu a filha.

27

Cansado de modelar, Bruno largou os braços ao longo do corpo, afastou-se da estátua da neta renitente e suspirou. O que principiara como prazer transformava-se em martírio, era uma agonia atroz a sua luta por atingir a perfeição, fazia e refazia os traços de suas peças inúmeras vezes. Socou o punho fechado na palma da mão esquerda. Descobria defeitos em todas, eram aleijões terríveis, repetiam-se. Ao conjunto, que intitularia *Reunião de Família,* faltava-lhe movimento, era evidente. Devia tê-las composto ao redor da mesa, ou num outro ambiente. Não assim, individualizadas. Guardou a bacia sem desviar os olhos de Verônica. Tocou-a levemente, de forma a não deixar no barro ainda mole as impressões dos próprios dedos. Colocou-a junto às demais, no estrado próximo à janela, e tornou a distanciar-se. Olga carecia de personalidade; Luís estava apenas esboçado; Luísa, Sandra e Eunice pareciam-se demais; sua auto-escultura tinha um ar de santidade repugnante; Verônica, recém-concluída, continuava negaceando sua verdadeira personalidade; Valéria sorria, ambígua, incompleta. Observou seus lábios carnudos Talvez vibrassem ali pecado e virtude, mas a peça não se realizava como obra de arte. Meses de trabalho inútil. Fracassado, enraivecido com a própria incapacidade, aproximou-se de Verônica e quebrou-lhe o nariz Tomado de súbita fúria, enfiou os dedos nos seus olhos, arrancou-lhe pedaços de argila ainda úmida. Subjugado, possesso, mas não sem sentir um certo prazer, agarrou o primeiro objeto ao seu alcance e deu com ele sobre as estátuas, enquanto misturado ao pranto sem lágrimas, quase soluço, vinha também uma espécie de riso, um riso cavernoso, e a sugestão mefistofélica de que a grande obra, aquela a dar sentido à sua existência, seria a estátua de Valéria nua, conforme a surpreendera no banheiro, ou vestida apenas com uma camisola transparente, como a vira em sonho. Não, a forma não podia vir do próprio barro se o criador não lhe insultasse o hálito vital. Por que não lhe fora dado o poder de transferir ao molde em matéria o que concebia, na mente, com tanta perfeição?

Deixou o galpão deprimido, sem fechá-lo a chave. Não havia mais motivo para segredo, os outros que entrassem e contemplassem a falência de seu fabuloso projeto, os escombros de seu sonho. Viu o caminhão de Luís estacionado no pátio e estremeceu ao perceber no seu interior, sob o véu da pureza, o desejo de que não tivesse regressado, não ainda, não sem antes ter tido outra chance de encontrar a mulher do filho nua na casa vazia.

— Perdão, meu Deus — murmurou —, afasta de mim esta loucura, castiga-me sem piedade.

— Falando sozinho, pai?

Foi como se o próprio céu se abrisse e através da fenda Deus falasse.

— Filho — exclamou, amparando-se nele, envolvendo-o num forte abraço e beijando-lhe a face. Então teve consciência do perigo. Não devia ter-se deixado dominar pela raiva, era cardíaco, a qualquer momento seu coração explodiria. Esperou a dor, a justa e merecida contração no peito, e nada. O motor batia rápido, mas o enfarte não vinha.

— Tudo bem contigo? — indagou Luís, surpreso pela segunda vez desde o regresso.

— Não foi nada — balbuciou o oleiro.

Luís conduziu-o até a varanda, amparando-o.

— Já estou bem — resmungou Bruno.

Ficaram quietos, o velho, em dúvida, devia fugir ou conversar com o filho?, e Luís pensando se devia ou não falar nas enormes despesas que tivera durante a viagem. Ouvia-se apenas a algazarra dos pardais nas figueiras, no pequeno horto atrás do tanque, onde Olga costumava lavar as roupas da família. Enfim, o filho se animou e narrou as peripécias da viagem. O pai ouviu-o com atenção, como jamais o fizera, e depois falou também da admissão do novo empregado, rapaz ainda, mas muito competente, e da intenção de fazer a queima de uma fornada de tijolos na semana seguinte.

— Se você buscasse carne na vila — sugeriu o velho —, a gente podia fazer um churrasco...

Luís espantou-se pela terceira vez, Bruno havia mudado muito. Estaria se tornando perdulário? Seria efeito da velhice e da doença a proximidade e o medo da morte?

— Você me leva ao culto, domingo de manhã? — perguntou o oleiro.

— Levo, pai, é claro que levo — disse Luís.

É, pensou o filho, abraço e beijo, silêncio a respeito do prejuízo, elogio a um simples empregado da fábrica, convite para fazer churrasco, deve ser a morte chegando.

— Perdemos muito tempo — murmurou Luís, ensimesmado.

— O quê? — indagou o pai.

— Nada, nada — respondeu o filho, triste, olhando para o horizonte.

28

Valéria vagou sem rumo, sem ultrapassar os limites das terras do sogro, depois que deixara a casa dos agregados. Sentou-se à margem do rio, num tronco próximo à água. Compreendeu, enfim, ou supôs compreender, o monstro que havia vinte anos se desenvolvia dentro dela, polvo a distender os tentáculos na escuridão. Sobre a face brilhante das águas rodopiavam folhas e pequenos gravetos. A vida é assim, pensou, fitando o incessante movimento do rio. Não, não podia despencar no seu caudal, não sem resistência. Talvez fosse o momento de exigir uma radical mudança de Luís, cobrar-lhe amor e atenção, para que a atração do abismo cedesse. Disposta a deter o curso da tragédia, regressou a casa. Não saberia dizer quanto tempo permanecera ruminando, uma hora, duas talvez. De longe, viu o marido e o sogro conversando na varanda. Sentiu um frio no estômago, frio que desceu às pernas, deixando-as trêmulas. Bruno revelava ao filho o episódio do banheiro?

Devia estar acusando-a de ter deixado a porta aberta de propósito. Era capaz de tê-la visto nua diante do escritório e agora contava tudo a Luís. Negaria, era a palavra de um contra a do outro. Mas não, Bruno não iria expô-la ao ridículo, tantas vezes a defendera nas discussões com Olga. Foi como se um raio tivesse iluminado a sua consciência, era antigo, o desejo dele; talvez fosse amor, reprimido, e que só se revelava nos momentos em que Bruno podia tomar o partido dela diante de todos, sem que levantasse suspeitas. O quanto fora tola e inábil, concluía. Antes que ela alcançasse o portão, antes que subisse a escadinha, Bruno já abandonava a cadeira e enfiava-se pela porta da cozinha.

— Por onde andou? — indagou Luís.

— Fui visitar o nenê da Maria — respondeu.

— Agora deu de passear na casa dos agregados?

— Falta do que fazer — disse Valéria, rindo.

Sentou-se na cadeira que ainda há pouco Bruno ocupara. O calor do corpo dele permanecia na palhinha, penetrando-a. Fitou o marido e perguntou:

— Algum problema com o teu pai?

— Não sei, está muito estranho.

A sensação gelada retornou ao baixo-ventre, Luís parecia ter percebido alguma coisa. Valéria não podia ficar nessa agonia, assim, avançou ainda mais.

— Estranho? Como estranho?

— Acho que está com medo de morrer.

— Só isso? — suspirou ela. — Medo de morrer todo mundo tem — continuou.

— Então é pouco? Na idade em que ele está, dependendo desses comprimidos para viver, e tu achas pouco?

Bruno fugia, era isso, encolhia-se e sofria porque também a queria, porque o encontro no banheiro mexera com as cinzas e revelava brasas ainda vivas no borralho.

— Tu achas pouco? — repetiu o marido, insistente, um tanto irritado.

— Ah, isso é coisa de velho, não dê atenção.

— O quê? Então não vou me preocupar com meu pai? Saiba que não gosto desse teu tom. Meu pai é velho sim, e daí?

— Daí, nada. Além de ranzinza, é um carola meio maluco.

— Maluca és tu — esbravejou Luís.

Valéria deixou-o na varanda, aliviada. Não, não havia nada a temer. Entrou na cozinha sorrindo, decidida a fazer um purê de batatas, um dos pratos prediletos do velho oleiro Bruno Stein.

* * *

À tarde, Valéria ocupou-se em tirar o pó dos móveis, lavar o assoalho, lustrar. Luís andava às voltas com a limpeza do caminhão; Olga fazia cucas e doces; Bruno devia estar na olaria ou no galpão das esculturas; as filhas liam fotonovelas, trancadas no quarto.

Uma sexta-feira igual a tantas outras, não fosse o desejo a se debater nos seus poros. Se por vinte anos fora indiferente à mesmice, nesta tarde odiou aquela estagnação familiar, a interminável repetição de sons e cheiros. Era como se tivesse passado duas décadas a beber água salobra e já tivesse esquecido o verdadeiro sabor do líquido e o redescobrisse de repente. A vida, ela refletia, tinha que ser vivida com intensidade. Felizes eram as estrelas cadentes, que iluminavam o céu por um breve instante e depois se perdiam na escuridão. O brilho fugaz justificava-lhes a existência. Pensou que ter o sogro nos braços por um momento seria viver o fulgor, a culminância de quarenta anos de vida gris. Eu o terei, prometeu a si mesma, enquanto a tarde prosseguia rumo à noite, como fizeram todas as tardes do mundo.

29

Gabriel acompanhava as mudanças das imagens na tela, esforçava-se para entender o que os atores diziam. Erandi, ainda há pouco, havia se recusado a ficar com ele ali no jardim, se não era convidado a assistir à televisão na sala, não queria ver nada.

— Não sou leproso, nem cheiro mal.

Devia agora estar ouvindo rádio, pensou Gabriel, porque ainda era cedo para dormir. Tivera um dia cansativo, mas estava satisfeito. Ouviu vozes femininas e o rosnar dos cães. O velho oleiro, sentado sob o eucalipto, chamou-os pelos nomes, Rex, Tom, Lessie. Um pouco depois, o portão rangeu e Gabriel arrepiou-se.

— Boa noite — disseram Neli e Dona Almerinda.

Não conseguiu responder, a surpresa tolhera-lhe não só a respiração como a voz. Elas entraram, acomodaram-se na sala depois dos cumprimentos. E ele que passara a tarde tentando ser convidado por Mário para ir à sua casa. Olhara várias vezes para a estrada, quase ao final do expediente, na esperança de que Arno viesse cambaleando por ela, e cantando. Enfim, quando Mário se despedira, descera sobre ele uma grande tristeza. Sentiu, então, mais do que nunca, a saudade e o desejo de rever Neli. Estava olhando televisão para não pensar, fazendo hora, entretido com o movimento das imagens, e ela vinha ao seu encontro. Sequer tinha visto o seu rosto, mas o simples fato de sabê-la tão próxima enchia-o de felicidade. Deslocou a cadeira, tentando vê-la no interior da casa. Inútil, teria de postar-se no outro lado, mas não havia como fazê-lo, por causa das flores de Olga, que lhe toldavam o campo de visão.

Algum tempo depois, Neli veio até a porta.

— Noite bonita — disse antes de sentar-se num dos degraus.

— É — respondeu Gabriel, a custo.

— Bonita e quente — continuou a moça.

Gabriel manteve-se quieto, sem saber o que dizer.

— Incomodo? — perguntou ela.

— Não, não incomoda — ele se apressou a responder.

Um silêncio coalhado de grilos colocou-se entre eles. Era noite de lua.

— Por que será que ela anda? — perguntou Gabriel, referindo-se ao satélite.

— Ela quem?

— A lua — murmurou ele.

Neli riu e respondeu:

— O mundo gira, só que a gente não percebe.

Gabriel admirou-se. Sua avó jamais fizera qualquer referência a isso. Podia perguntar mil coisas a Neli, ela certamente saberia, mas não quis parecer bobo. Lembrou-se da vergonha passada no dia anterior, a respeito dos metros cúbicos.

— Está gostando de trabalhar aqui?

— Muito, nunca tive um serviço assim.

— Não deve ser fácil palear barro o dia inteiro, a máquina moendo sem parar...

— Não é, mas é bom ter um emprego fixo. Antes, eu trabalhava de empreitada. Era bem pior. Não recebia em dia de chuva, feriado e domingo. E só tinha serviço durante a safra ou quando aparecesse inço nas lavouras.

Outra vez o silêncio meteu-se entre eles. Gabriel tinha as mãos suadas, o coração descompassado.

— Sei como é — disse Neli, com desânimo.

— Não gosta da roça?

— Acho péssimo. Queria viver na cidade...

— Eu também — disse ele.

— É mesmo? Por que veio pra cá, então?

— Na cidade é mais difícil encontrar emprego.

Antes de chegar aqui, andei em Pau-d'Arco, procurando. Tem que ter estudo, e eu não sei escrever. Minha avó não sabia, senão tinha me ensinado.

— Sua avó?

— É, fui criado por ela.

— Desculpe, não sabia que a sua mãe tinha morrido.

— Não morreu.

— Tua mãe não quis te criar?

— Ela era da vida — disse ele.

Sentiu um pouco de raiva, Neli fazia-lhe muitas perguntas. Ficaram quietos. Depois, ela recomeçou, tentava explicar-lhe por que gostaria de morar na cidade. Gabriel concordava, balançava a cabeça, às vezes ria.

De repente, como se lhe ocorresse um detalhe importante, Neli perguntou:

— Você não sabe escrever? Não foi na escola?

— Não — murmurou ele, envergonhado, arrependido de ter comentado que era analfabeto.

— Eu podia te ensinar. Quer?

Não podia ser verdade. Titubeou:

— Não sei...

— Quer, sim. Fica combinado. No domingo de tarde, a gente começa. Você vem lá em casa, eu tenho um caderno sobrando.

Era a oportunidade não só de aprender a decifrar os livros, como desejava, mas de estar ao lado dela, ouvir sua voz meiga, olhar para o seu rosto de leite e seus olhos de um verde manso, apaziguante.

— Combinado — disse Gabriel, rindo, mas com a estranha sensação de que ia desandar num choro ridículo.

Segunda Parte

AS LUZES DA CIDADE

"Und merkt euch, wie der Teufel spasse."

GOETHE, *I Fausto*

"Notai bem como o diabo se diverte."

1

Sábado à tarde, conforme o hábito, Bruno Stein sentou-se sob o eucalipto, um cigarro entre os dedos, e ficou a meditar. Trazia os olhos ardidos, da noite indormida, e uma sensação de peso na cabeça, como se tivesse exagerado no vinho. Evitava olhar para o galpão das esculturas, com medo de não resistir ao apelo de moldar. Sabia que, se nele entrasse, haveria de fazer uma estátua lúbrica. E resistia, a custo, ainda resistia. Também se esquivava de pensar na destruição das peças, mas, de vez em quando, fragmentos de lembrança assomavam-lhe à consciência. Fora exigente demais consigo próprio, reconhecia agora. Olhou para o açude e quedou-se a observar o trabalho de Mário e Gabriel, que desviavam o córrego que o alimentava. Eles, sim, eram felizes; viviam, e lhes bastava, não se torturavam com elucubrações inúteis. Nenhum deles, certamente, passaria uma noite entre a vigília e o pesadelo se por acaso abrissem uma porta e dessem com um corpo de mulher em pêlo. A mancha vermelha que se deslocava morro abaixo interrompeu-lhe o pensamento. Julgou tratar-se de alguém que estivesse a encurtar caminho, usando a vicinal para sair na rodovia, lá adiante, no alto da colina, no outro lado do rio.

Súbito, o automóvel mudou de curso, atravessou o pequeno capão de mato, próximo às barreiras, e veio descendo, aproximando-se do casario, e estacionou diante do eucalipto.

— Boa tarde — exclamou, através da janela aberta, Herman Hauser.

Desligou o motor, saltou do carro e caminhou para o oleiro, sem tomar o cuidado de abrir a porta para a mulher que o acompanhava. Bruno observou a indelicadeza e, ignorando a mão estendida, dirigiu-se ao automóvel. Chamou por Olga, entretida com o transplante de petúnias, abriu a porta do carro e ajudou a mulher a abandoná-lo e só então cumprimentou o visitante. Olga veio do jardim, sorridente:

— Mas que surpresa — disse, e acrescentou: — Vamos tomar um chimarrão, entrem, entrem.

As netas viam a programação vespertina na TV.

— É só o que sabem fazer — disse Bruno ao visitante.

— As minhas filhas também são assim — respondeu o outro, enquanto atravessavam a casa.

Acomodaram-se no avarandado, onde o ruído da televisão era quase inaudível.

— E o trabalho? — perguntou Herman.

— Vai mais ou menos. O dinheiro anda escasso, o concreto armado substituiu o tijolo — respondeu Bruno.

— A crise é geral. Com essa inflação, vamos acabar como na Alemanha, antes da guerra.

— Tem muita gente ganhando com ela — disse Bruno, azedo.

— O governo faz o que pode — ponderou Herman.

— Abre contas na Suíça — retrucou Bruno.

Herman mexeu-se na cadeira, inquieto, coçou a barriga. O oleiro sentiu vontade de agredi-lo. Olga trouxe a cuia, a chaleira e um prato com biscoitos de polvilho. Preciso me controlar, Bruno pensou. Naquelas redondezas, todos odiavam Herman Hauser. Depois do golpe militar, à custa de subsídios para culturas inexistentes e empréstimos a juros baixos, fora acrescentando hectares e mais hectares à sua propriedade. Sempre que um colono se encontrava em condição de hipoteca, o gavião rondava a presa até conseguir comprar mais um naco para o seu latifúndio. Os botões da sua camisa, observava Bruno Stein, estavam por arrebentar, pressionados pelas bolas de gordura de sua barriga. Tinha mãos bem tratadas, via-se que havia anos não sabiam o que era um cabo de enxada.

— Soube o que aconteceu com o filho do Bergman? — perguntou o visitante, à guisa de restabelecer a conversa.

— Li no *Clarim* — respondeu Bruno, satisfeito por estar a par das últimas notícias.

— Pobre rapaz — exclamou Olga, imiscuindo-se, e de imediato já se arrependia, pois Bruno detestava que se intrometesse na conversa dos homens. Buscou o olhar do marido e encontrou-o cordato, sem laivo de censura ou desgosto.

— Uma atrocidade, um crime bárbaro — falou a mulher de Herman.

— O povo devia apedrejar os responsáveis em praça pública — disse Olga, entusiasmando-se.

— Também acho — concordou Herman, e prosseguiu: — essa negrada está precisando é da pena de morte.

— Não concordo — exaltou-se Bruno —, o senhor exagera. Pena de morte, não, acho que todo homem tem direito à vida. E mesmo o pior assassino, se se arrepende, é perdoado por Deus. Jesus nos deu o exemplo, na cruz, quando disse ao ladrão que naquele mesmo dia estaria com ele no paraíso. Se o Nazareno perdoou, inclusive aqueles que o crucificaram, por que não vamos nós perdoar os que nos ofendem? Jesus ensinou isso no *Pai-Nosso*.

— Pena de morte — reagiu Herman —, olho por olho, dente por dente.

— Vejo que o senhor não é cristão — ironizou Bruno.

— E se fosse o seu filho em lugar do Marcos, o que faria? — perguntou Herman, um sorriso nos lábios.

— Não sei — disse Bruno.

— Pois aí está — continuou o outro —, é fácil falar quando o filho assassinado não é o da gente.

O oleiro pensou em quanto tinha sido grande o amor de Deus, que dera o próprio filho para a salvação do mundo, e no quanto tudo tinha sido inútil.

Levantou-se, pediu licença para ir ao banheiro.

Minutos depois, reaparecia na varanda. Cruzara com Valéria, na cozinha, mas abaixara os olhos, evitando encará-la.

— Um grupo de amigos insiste em me candidatar à presidência da Cotripau — afirmou Herman, com falsa modéstia, mastigando bolacha e cuspindo os farelos —, mas estou em dúvida. Antes de responder qualquer coisa, estou consultando algumas pessoas...

Então era este o motivo da visita?

Bruno se fez de desentendido.

O outro insistiu:

— Gostaria de saber a sua opinião...

— É obrigação sua atendê-los, se tanto insistem — disse o oleiro.

— Sei, mas não me sinto capacitado para o cargo, é muita responsabilidade...

— O senhor é inteligente, não é? — perguntou Bruno, incisivo.

— Penso que sou...

— Então, vá em frente — disse Bruno, quase com raiva.

— Pois é... — murmurou Herman, reticente.

— Se espera contar com o meu apoio — largou Bruno à queima-roupa —, pode desistir. Estou fora dessa politicalha há muito tempo e só não rasguei ainda minha ficha de associado da cooperativa porque tenho preguiça de ir lá e brigar com aquele bando de sem-vergonhas.

Os olhos de Herman perderam o brilho sob os bolsões de gordura. Permaneceu ainda algum tempo comentando generalidades, visivelmente irritado, e depois convidou a mulher para seguirem viagem, tinha outros contatos a fazer.

— É inútil visitar o Arno Wolf — disse Bruno, antes que o outro entrasse no carro —, porque ele não é sócio da cooperativa, nem pretende se associar tão cedo — arrematou o oleiro, mordaz.

2

Se havia algo que a irritava, era ter de esperar, fosse o que fosse. Verônica preferia ir ao encontro das coisas antes que elas viessem ao seu, mas desta vez estava manietada pelo próprio orgulho. Quase pedira carona ao pai, no início da tarde, quando ele fora a Pau-d'Arco. E, ainda há pouco, chegara a saltar da poltrona e a sair para o jardim ao ouvir o automóvel de Herman Hauser partir. Conteve-se, porque decidira esperar uma última vez. Concedia um último prazo ao namorado e a si mesma. Se ele não viesse até o final da novela das oito, estaria tudo acabado. E era com uma sensação gelada no estômago que via as primeiras estrelas surgirem no céu claro. O avô acertava as contas com os empregados na varanda; Olga agitava-se na cozinha, a preparar a janta; as irmãs estavam por ali, acomodadas no sofá; a mãe tricotava a um canto, em seu eterno e exasperante desdém. Transformar-se naquilo, pensou ao olhar na direção de

Valéria, transformar-se naquela massa de carne envelhecida precocemente? Jamais.

Carlos não viria, pressentiu, e era melhor que nem aparecesse, para que o fim não fosse violento. Melhor escrever-lhe uma carta. Procurou papel e caneta. Iniciou-a descrevendo a intensidade dos primeiros tempos, a emoção, o desgaste, lento, mas constante do relacionamento. "Culpa de quem? Acho que da vida, você não acha?", a irredutível decisão de fazer uma faculdade em Porto Alegre, "para entender melhor o mundo e a mim mesma", o pedido de desculpas por terminar tudo por carta, confessava-se incapaz de enfrentá-lo, precisava antes sentir-se completamente segura para fitá-lo nos olhos e dizer, sem titubear: "não te amo mais", e o inevitável pós-escrito: "Te desejo toda a felicidade do mundo. Sua amiga, Verônica."

Dobrou a folha com lentidão, como se desse a si própria tempo de recuar. Colocou-a no envelope, ainda pensando que seria possível rasgar não só a carta, mas também o invólucro, e lacrou-o, enfim, com saliva, e pensou que aquilo era um beijo, um distante e frio beijo de adeus. Ainda era possível o retorno, tornou a pensar, enquanto procurava selos nas gavetas. Encontrou-os dentro de um porta-moedas, na cristaleira, ao lado da velha estatueta do avô. Quando fosse embora, levaria a escultura, de lembrança, antes que Olga a jogasse fora.

Sim, iria a Porto Alegre, sabia disso agora. Seu lugar não era mais ali, nem mesmo em Pau-d'Arco. Tudo aquilo era muito pequeno para o seu sonho.

No outro dia, no almoço, quando toda a família estivesse reunida, anunciaria a decisão. E ninguém conseguiria demovê-la, ninguém.

3

— Tua conta anda muito grande — disse Bruno. Negava-se a conceder o vale solicitado pelo empregado.

— Posso te dar a metade — continuou o oleiro.

Erandi resmungou e assinou o recibo. Gabriel acompanhou tudo, sem ouvir os comentários de Mário a respeito do tempo que o açude levaria para secar. Era a primeira vez que via o patrão irritado. Suas palavras soavam duras. Não queria estar no lugar do companheiro.

Mário apanhou também o seu vale. Gabriel não tinha direito a adiantamento, por isso espantou-se quando Bruno lhe estendeu uma cédula, dizendo-lhe:

— Não é bom ficar sem, se te dá vontade de comer um pé-de-moleque ou beber um guaraná...

— Vamos — disse Erandi, irritado —, assim a gente vai chegar às oito na vila.

— Não façam muita fuzarca — recomendou Bruno, antes de se fechar no escritório.

Gabriel pensou em Neli, no calor de sua mão. Enquanto trabalhavam no açude, tentara arrancar informações de Mário a respeito da irmã. Conseguira apenas saber que não tinha compromisso com ninguém.

— Se tivéssemos um fuca — comentou Mário já na estrada —, ia ser moleza.

Pensava nos quatro quilômetros que teriam pela frente, e que teriam de percorrer a pé.

— É bom caminhar — disse Gabriel.

— Esse aí é um perfeito imbecil — comentou Erandi.

Cansado das agressões do companheiro contra Gabriel, Mário, cujo sangue já subia à cabeça, perguntou:

— Erandi, o que é que tu tem contra ele?

— Nada — respondeu o outro.

— Então, pára com isso — aconselhou o irmão de Neli.

Caminharam em silêncio, Mário e Gabriel um pouco à frente, Erandi uns quinze metros atrás.

Avistaram as primeiras luzes do vilarejo.

— É a coisa mais bonita do mundo — disse Gabriel, enternecido.

— O quê? — perguntou Erandi, que já então emparelhara o passo com os outros dois.

— As luzes da cidade — respondeu o novo empregado.

— Cidade? Que cidade? Isso aí não passa de uma vila de merda, não tem mais de duzentas casas.

— É — concordou Gabriel, para não discutir.

— Também gosto — disse Mário. — Deve ser mais bonito ainda de avião — continuou.

Gabriel concordou, de avião devia ser, mesmo, muito mais bonito. Depois indagou, mais a si próprio que aos companheiros:

— Como será, andar de avião?

— Nunca vamos saber — atalhou Erandi, seco.

— É — disse Mário —, nunca vamos saber.

— Bem que a gente podia ter asas — acrescentou Gabriel.

— Pra levar um tiro de espingarda? — perguntou Erandi.

— Tu é foda — exclamou Mário.

— Não fico sonhando — respondeu o outro. — Somos uns pobres-diabos, nunca vamos sentir o gostinho de muitas coisas.

Atravessaram a rua de saibros, rua iluminada por grandes lâmpadas de mercúrio, e estugaram o passo na direção da casinha que anunciava, acima do batente da porta, *bar*, escrito em letra de fôrma, com tinta vermelha, numa placa de latão, um vasilhame de azeite, aberto e marchetado nas bordas.

Sentaram-se a um canto. Ao lado, quatro homens jogavam cartas, e, ao fundo, bolas de bilhar estalavam umas contra as outras, sob os gritos de dois parceiros semi-embriagados.

— Sabe jogar? — perguntou Mário a Gabriel, indicando a mesa de pano verde.

— Um pouco — disse.

— Joguinho besta — resmungou Erandi. — Prefiro pife, canastra ou nove.

— Você me deve duas cervejas — disse Gabriel.

— Pensa que esqueci? — respondeu Erandi.

Gabriel riu.

Erandi bateu no tampo da mesa.

— Tonico, traz duas cervejinhas bem geladas.

Algum tempo depois, sobraram tacos sobre a mesa de bilhar. Gabriel e Mário puseram-se a jogar, enquanto Erandi aproximava-se da mesa onde corria o carteado.

* * *

Ainda não tinham acabado a primeira partida de *cem* quando o companheiro, embriagado, vinha pedir-lhes dinheiro. Gabriel chegara a tirar a cédula do bolso, antes de Mário dizer-lhe:

— Nada disso — e, voltando-se para Erandi, ralhou: — acabou a festa.

— Alemão de bosta — retrucou o outro.

— Cala a boca, negro sujo — exasperou-se Mário, agarrando Erandi pela camisa e puxando-o ao seu encontro.

Atordoado, Gabriel viu a mão de Erandi tatear o flanco em busca da faca escondida. Deu um salto e arrancou a arma da mão do mulato, quando ela já revoluteava no ar.

Ao compreender o gesto de defesa de Gabriel, Mário fechou o punho e esmurrou Erandi no ventre, no peito e no rosto, jogando-o sobre mesas e cadeiras, espatifando copos e garrafas.

— Deixa que eu guardo — disse Gabriel e escondeu a faca na cintura, quando Mário fez menção de apanhá-la.

— Negro sujo — repetiu, cuspindo para o lado.

Gabriel convidou-o a regressar à olaria.

— E esse negro pesteado? — perguntou Mário.

— Deixa ele aí — respondeu —, ele sabe voltar sozinho.

4

No domingo de manhã, ao ver Bruno de Bíblia em punho, o rosto escanhoado e altivo, a exalar água-de-colônia e santidade, Valéria sentiu-se desfalecer. Conservou os olhos fitos na toalha de mesa como que ausente, em estado de choque. Não podia crer no que via. Bruno não estava indo à igreja, não era verdade que corria a se refugiar sob o terrível e vingativo Deus evangélico. No entanto, insensível e covarde, ele se despedia de Olga e, voltando-se para Luís, dizia:

— Vamos.

Saíram, os dois, para a manhã luminosa. Miserável, disse Valéria consigo, não vais mais ter o prazer de me olhar nos olhos, quem agora vai fugir dessa insensatez serei eu.

Ouviu o ruído do motor do caminhão, som que a feriu até a medula dos ossos. Abandonou o café da manhã, sem ter sequer tocado nos alimentos, e trancou-se no quarto, mas o seu desejo era enfiar-se terra adentro, transformar-se em larva, planta ou pedra. Então, dirigiu seu ódio a Deus, porque não cogitava ainda de sua inexistência, ao Deus que lhe roubava a quem se supunha destinada, o homem que estivera ao seu lado durante mais de duas décadas, protegendo-a e amando-a em silêncio, antes mesmo que ela pudesse desconfiar dessa paixão secreta e antes mesmo que ele a descobrisse em si, latente. Vai, Bruno, corre para o teu Deus nojento, esconde-te embaixo do Seu manto, encolhe-te como o verme amedrontado sob o pé que o ameaça esmagar. Foge, Bruno, desta que é a asquerosa besta, a que te desviará da inútil pureza e que te jogará, nu como um menino, nos braços ávidos da vida. Um soluço cortou o fluxo de seus pensamentos. Mordendo os próprios lábios, chorou. O desespero, represado ao longo de vinte anos, explodiu com violência. E, como se fosse a brasa de um cigarro em noite escura, que se aviva e esmorece conforme o tragar compassado do fumante, a idéia de suicídio foi criando forma na sua imaginação. Morrer, não só para apaziguar a fera enjaulada nas grades da carne, mas também para atingir o homem que a levara ao desvario, como forma de declarar, com sangue, um amor interdito. Mas não, um covarde daquele quilate não merecia tamanho sacrifício.

Parou de chorar, decidida a viver, disposta a lutar até com Deus, se fosse necessário, pelo amor de Bruno. Ele que se debatesse, que se escondesse sob as montanhas ou na profundeza das águas, como o peixe fisgado que não sabe que atrás da linha há um braço disposto a cansá-lo, para só depois, ao final da luta, arrastá-lo para a margem; ele que se escondesse naquele covil a que chamava igreja, ela era quem daria a palavra final.

5

Roçou a polpa dos dedos sobre a plaqueta de metal afixada na borda do banco de madeira, onde estava escrito: "Doação de Bruno Stein e família", e sentou. Girou a cabeça para a direita, na direção dos vitrais. Também ali havia a mesma inscrição. Não a podia ver, apesar das grossas lentes, porque o sol da manhã esparzia reflexos coloridos dentro do templo, mas a sabia lá, anunciando, para sempre, o seu desprendimento aos bens materiais. Gerações inteiras passariam, se o mundo não se reduzisse a um cemitério atômico, e as letras de seu nome continuariam legíveis, para que os pósteros soubessem — Bruno Stein amava mais as coisas de Deus que o dinheiro. Abriu o hinário na página indicada no mural, suspirou comovido. Era o cântico de sua predileção.

— Santo, Santo, Santo, Deus Onipotente — tartamudeou.

O pastor subiu ao púlpito pela pequena escada lateral, enquanto os sons cavos do velho órgão enchiam a nave. Sequer em Pau-d'Arco havia um instrumento igual àquele. Bruno cerrou as pálpebras e sentiu o prelúdio acariciar-lhe não só os tímpanos, mas também a pele e os ossos. O ministro puxou o canto com sua boa voz de tenor. Bruno acompanhava-o, em baixo. Os fiéis seguiam o pastor, incapazes de fazer a correta divisão de vozes, sopranos, contraltos, tenores e baixos. Quase um cantochão, pensou Bruno com desdém. Onde o tempo em que a Igreja inteira transformava-se num coral? Fitou o pastor. Era jovem, barbudo, metia-se, com freqüência, a falar em reforma agrária, organização popular, assuntos seculares que não diziam respeito aos servos de Deus, ungidos pelo Espírito Santo, escolhidos para conduzirem o rebanho do Senhor, sem se meterem na política. Esse aí, por exemplo, andava mais preocupado com as conseqüências da construção das barragens no rio Uruguai do que em converter pecadores. Chegara ao ponto de incitar os moradores das barrancas a resistir, sem violência, é verdade, mas desrespeitando a recomendação da Primeira Epístola de Pedro, 2:13, em que o apóstolo afirmava que os crentes devem sujeitar-se às autoridades por amor ao Senhor. Em sua vida, Bruno conhecera muitos pastores. Alguns se perdiam por fornicação, outros, por defenderem falsas doutrinas. Este rapaz, tinha certeza, acabaria gerando murmurações na comunidade, afastaria o Espírito Santo e destruiria a Igreja. Na Casa de Deus não se pode fazer política. Cravou os olhos nele, prestou atenção ao seu discurso. Sim, discurso, eivado de expressões comuns aos esquerdistas, discurso conspurcado pela realidade do dia-a-dia. Não bastava a televisão a corromper a família? Não o estava ouvindo afirmar, neste exato instante, que o assassinato do jovem Marcos Bergman tinha causas socioeconômicas?

— *Mein Gott* — balbuciou ao ouvir o pastor dizer que se devia entender o criminoso, com certeza enlouquecido pela fome, massacrado por uma infância miserável, vítima ainda maior que o próprio morto. Não, não podia continuar ouvindo tudo isso, não depois de ter vivido setenta anos e ajudado a construir este templo, era demais.

Levantou-se e atravessou a nave pisando firme, sem se importar com os olhares recriminadores dos fiéis no templo, prometendo a si mesmo não tornar a ouvir um novo culto, enquanto a comunidade estivesse à mercê de um comunista.

* * *

Luís tentou, em vão, ainda no bar do salão paroquial, saber o que estava acontecendo, o culto não terminava às onze? Pois não eram mais de dez horas.

— Vamos — insistia Bruno.

O filho largou as cartas, desanimado, tinha três pares e uma trinca, um jogo excelente, e disse:

— Alguém continua a partida por mim.

Dentro da cabine, o caminhão já em movimento perguntou outra vez:

— O que houve?

— Nada — respondeu Bruno, e não falou mais até a olaria.

6

— E a minha faca? — perguntou Erandi, sem demonstrar agressividade ou rancor.

Surpreso, Gabriel voltou-se para ele.

— Guardei — disse e baixou os olhos diante do lábio inchado e dos hematomas no rosto.

— Quase complico a vida — continuou —, não posso beber, perco a cabeça.

— Então, não beba — disse Gabriel com raiva, mais pelo que o outro lhe provocava de compaixão do que propriamente por ódio, um pouco talvez da raiva que o outro devesse estar sentindo ou era justo que sentisse.

— Desculpe — disse Erandi, submisso.

Covardia bater assim num bêbado, pensou Gabriel tornando a fitar o rosto de Erandi. O companheiro retribuiu com um sorriso terno e um olhar de cão ferido. Bruno soubesse da briga, seriam despedidos, insinuou, falando com dificuldade, mastigando as palavras.

— Fica tranqüilo, não sou dedo-duro — disse Gabriel.

Ficou em silêncio, pensando, e depois perguntou:

— Como é que tu vai esconder os machucados?

— Não vou esconder. Vocês me deixaram na vila, bebendo. Dois negros me bateram quando eu estava voltando, de madrugada — disse o outro, sorrindo.

Havia alguma coisa diferente na boca de Erandi, observou Gabriel. A insistência com que o outro o olhava fez com que exclamasse:

— Vomitei e a dentadura saiu junto. Procurei, no escuro, mas não consegui encontrar.

Gabriel riu. O inchaço encobria a ausência dos dentes, por isso não percebera antes. Imaginou Erandi fuçando no vômito, à cata da dentadura postiça.

— Pra aprender a não se emborrachar — comentou depois que o acesso de riso cessara.

— Não aprendo nunca — disse o companheiro.

— É só tentar — retrucou Gabriel.

* * *

Não tinha atravessado ainda o pátio quando ouviu o barulho do caminhão, mas não parou. Ao contornar o açude, tomando a direção da ponte, Gabriel viu o velho descer da cabine, sem a ajuda do filho, como se não tivesse setenta anos, sólido e disposto a viajar num domingo para cumprir suas obrigações com a religião Pensou na avó, no quanto ficaria magoada se soubesse que ele nunca mais entrara numa igreja. "Preciso visitar a velha", disse a si mesmo. Ia economizar, arrancar barro nos finais de semana e nas horas de folga, até conseguir comprar a bicicleta. Podia ser de segunda mão, desde que estivesse bem conservada. Imaginou-se pedalando, o vento batendo no rosto, nos braços, no peito. Nos sábados à tarde, iria lavá-la com paciência, deixaria os aros e os raios tinindo. Passaria uma tinta branca na banda dos pneus, e, se pudesse, compraria ainda uma capa para o assento, do Sport Club Internacional, com a figura do negrinho sorridente.

* * *

— E o outro borracho? — perguntou Mário, com maldade.

— Perdeu os dentes — disse Gabriel.

Arno Wolf, magoado com o filho, abandonou a roda de chimarrão e afastou-se em direção ao potreiro. Atravessou a cancela e foi sentar-se num cocuruto.

— Perdeu os dentes?

— É, a dentadura.

Somos uns pobres-diabos, pensou Gabriel, condoído não só por Erandi, a quem se destinava o rancor e o deboche de Mário, mas também por si próprio e por aquele homem abatido, que nesse momento abraçava as pernas e enterrava a cabeça entre os joelhos para chorar talvez ou simplesmente dormir.

E Neli, que não aparecia? Gabriel olhou em torno buscando-a.

— Vou contar pro velho que aquele negro filho-da-puta tentou me esfaquear — disse Mário depois de parar de rir.

— Se tu fizer isso, ele manda a gente embora — ponderou Gabriel.

— É, talvez seja melhor não contar.

— Ele estava bêbado, perdeu a cabeça — continuou Gabriel.

— Bêbado ou não, tentou me matar.

— Esquece isso, o Erandi é um bom camarada.

Neli apareceu, vinda do rio, de cabelo molhado e vestindo um maiô florido. Gabriel sorriu, ela correspondeu.

— Pronto pra começar? — perguntou ela.

Ele balançou a cabeça, afirmativo.

— Vou só trocar de roupa, espera um pouquinho.

Enquanto Neli entrava na casa, Mário indagou:

— Vão fazer o quê?

— Estudar.

— O quê?

— Ela vai me ensinar a ler e a escrever.

— Besteira — disse Mário rindo —, isso tá me cheirando a namoro.

Gabriel sentiu as faces em fogo. Sorriu, tentou disfarçar, mas o outro percebeu que por sobre a vergonha havia alegria, e ela iluminava o rosto do amigo.

7

Verônica largou os talheres no prato e anunciou:

— Vou estudar em Porto Alegre.

Bruno e Luís entreolharam-se; o primeiro, incrédulo; o segundo, surpreso. Valéria parou de mastigar.

— Ainda este ano — continuou Verônica. — Tenho todo o mês de fevereiro pra conseguir vaga e fazer a transferência. Não adianta vocês tentarem me impedir, já decidi.

— É pouco tempo pra arranjar lugar onde morar — ponderou o pai.

— E o Carlos? — perguntou Valéria.

— Divido um apartamento com alguém — respondeu Verônica.

— E o teu namorado? — insistiu Valéria. — O que ele acha disso?

— Vou terminar o namoro — disse a filha.

Valéria sorriu. Verônica soube que podia contar com o seu apoio, animou-se:

— Quero fazer uma faculdade, não vou ficar morando em Pau-d'Arco. Mais tarde, se o Carlos ainda me quiser, a gente casa. Mas ficar morando aqui é que não vou ficar.

— Por que, minha filha? — perguntou Bruno. — Não, não precisa responder — ele continuou. — A televisão te envenenou, despertou no teu coração o desejo e a vaidade do mundo. Verônica, o diabo está rondando a tua vida.

— O diabo não existe — ela respondeu, ríspida.

— Já está dentro de ti, *mein Kind*[1], — murmurou ele antes de abandonar a mesa e se fechar no gabinete.

— Viu o que fizeste? — exclamou Olga, a enxugar as lágrimas e a levantar-se também.

— Está decidido, pai — disse Verônica e olhou firme para Luís —, eu vou embora. Se tu não quiseres me ajudar, não precisa; consigo emprego e me sustento sozinha.

Luís abaixou a cabeça.

— E então, pai, o que diz? — tornou Verônica.

— Não posso dizer nada, você já tomou a decisão; quiser ir, vá.

Verônica compreendeu então que desejava a resistência do pai, para recuar sem perder a dignidade e mais tarde poder acusá-lo de tê-la impedido de se realizar.

---

[1] Minha criança.

Tinha o destino nas mãos e atrás de si fechavam-se todas as portas. Era como se a terra se fendesse. Tinha medo, e desejo de ser criança outra vez, sem preocupações, correr livre pelas terras do avô, trepar em bergamoteiras, banhar-se nas águas do riacho, fazer puxa-puxa nas tardes chuvosas, tomar mate doce.

Luís escondeu o rosto nas mãos e soluçou. O ímpeto foi de acariciá-lo, massagear-lhe o couro cabeludo e as costas, como fizera tantas vezes, mas se conteve. Talvez se dissesse que o tempo passa depressa, viria nas férias, escreveria longas cartas, o pai se reanimasse. Chegou a formular a primeira frase quando ele, os olhos lavados pelas lágrimas, dirigindo-se à Valéria, e somente a ela, disse:

— A culpa é tua, que não me deste um filho homem.

* * *

Fosse outro o domingo, teria sentado diante do televisor e assistido ao *Fantástico*. Mas hoje não, hoje nada no mundo seria capaz de distraí-la, nenhum programa deteria o turbilhão em seu cérebro. Sonhara tanto em deixar aquela vidinha miúda, fugir à mediocridade, e, agora, quando o mundo se lhe descortinava, entrava em pânico. Deixaria a segurança e o abrigo da família movida apenas pelo desejo de ser diferente da avó, da mãe e das outras mulheres ou pelo orgulho de mostrarse forte e capaz de recusar um casamento bem-comportado, uma casinha de alvenaria, um jardinzinho de azaléias, camélias, begônias e cravos? Não, sabia que o móvel de sua decisão era a certeza do vazio, a frustração a que estaria destinada caso permanecesse na sua terra. Rememorou não só as boas coisas que vivera, mas também as inúmeras interdições que sofrera apenas pelo fato de não ter nascido homem. Igualmente às mulheres, tinha certeza, estavam reservadas as glórias de construir o mundo, não era possível que estivessem excluídas do carrossel da vida só porque sangravam de tempos em tempos.

Na manhã seguinte, iria a Pau-d'Arco à procura de duas colegas do colégio João XXIII. Laura e Marlene haviam-se despedido da turma na festinha de final de ano porque em 83 cursariam o terceiro ano do segundo grau, em Porto Alegre. Tomaria informações com elas, talvez até pudessem ceder-lhe moradia, indicar escola na capital, explicar os trâmites da transferência. Sentia as dificuldades diminuírem, adquiria confiança. E ainda que se recusassem a ajudá-la, o que era improvável, mas não impossível, tinha determinação suficiente para lutar sozinha, não era de desistir aos primeiros fracassos.

Terceira Parte

O INCÊNDIO

"Hier ist ein Lied! Wenn Ihr's zuweilen singt,
so werder Ihr besonder Wirkung spüren."

Goethe, I *Fausto*

"Isto sim é canção! Quando a cantares / Verás o estranho efeito que ela excita."

1

Havia duas semanas já que Verônica se mudara para Porto Alegre. A neta conseguira, com duas amigas, lugar onde morar, um apartamento pequeno, mas bem localizado, conforme dissera em carta a Valéria.

— Mariposas iludidas pelos lampiões — sentenciou Bruno, em voz alta, como se falasse a um interlocutor qualquer. Uma verdadeira diáspora estava acontecendo, os jovens do campo e das pequenas cidades do interior espalhavam-se pelo país, atraídos por melhores oportunidades de estudo e trabalho. Ouvira dizer que o número de eleitores do município decrescera no último pleito. Tornou a pensar nas mariposas e nos lampiões. Rememorou as feições da neta, o queixo saliente, a testa alta. A firmeza de seu olhar, ainda que matreiro, dava a Bruno Stein a certeza de que a menina teria um futuro luminoso.

— Quero ser alguém — dissera ela, suspendendo as malas, antes de embarcar no caminhão que a levaria a Pau-d'Arco, e, dali, a mais de quinhentos quilômetros, para uma terra desconhecida, sem ninguém que a pudesse socorrer na hora da necessidade, sem o amparo da família.

— Não vai esquecer o meu aniversário.

— Não te preocupa, *fata,* não vou. Te mando um cartão.

— Não vai dar, mesmo, pra vir? Mato um porco para a festa, até uma vaca, se você quiser.

— Não sei, vamos ver.

— E no carnaval?

— Não sei, vamos ver — repetira ela, pondo a cabeça para fora da cabine, rindo, enquanto todos lhe abanavam, chorosos.

Bruno lavou as mãos sujas do barro de moldar na bacia e despejou a água turva pela janela. Estremeceu ao pensar que a morte poderia chegar antes de tornar a vê-la. O carnaval estava às portas e nada de Verônica regressar. Talvez quisesse ficar em Porto Alegre e participar, pela primeira vez, da folia, longe de suas censuras e de suas ameaças com o fogo do inferno. Jamais permitira que as netas freqüentassem os bailes de carnaval, na cidade, porque eram dias do demônio, dias em que ele andava às soltas. Exigia que as meninas acompanhassem os outros jovens da igreja em retiros espirituais, para que se mantivessem afastados do mal. Quando eram mais novas, iam de bom grado, mas, à medida que foram crescendo, tornavam-se mais resistentes. Deu-se conta de que neste ano, em casa, nem sequer o assunto havia sido ventilado.

Guardou a bacia no balcão. Precisava ir à olaria, vistoriar o trabalho de requente dos tijolos no forno. Olhou para a estátua e sentiu desejo de acariciar-lhe as coxas, de entregar-se de vez àquela paixão.

Apagou a luz e saiu, como que relutante.

* * *

— Tudo está sob controle, seu Bruno — disse-lhe Erandi, assim que ele chegara ao forno.

— Pode colocar mais lenha, já dá pra aumentar o fogo — ordenou o oleiro depois de examinar as fornalhas.

— Vai trincar os tijolos — afirmou o empregado.

— Quer ensinar o padre a rezar a missa? — perguntou Bruno, irritado.

— Desculpe, só estava querendo ajudar.

Bruno tornou a examinar as fornalhas, conferiu a temperatura, a altura das chamas. Depois, subiu a escada lateral do forno. Levantou um dos tijolos da fila de proteção e disse:

— Não te falei? Pode colocar mais lenha.

O empregado enfiou grandes pedaços de madeira sob as grelhas, troncos de guajuvira e canjerana. A partir de agora, era preciso aumentar o fogo, até que ele atravessasse os dez mil tijolos e irrompesse na cobertura. Entre uma e duas da madrugada, calculou, a *queima* estaria pronta.

Bruno desceu e recomendou ao empregado que permanecesse atento, não deixasse o fogo esmorecer, para que a partida de tijolos queimados fosse parelha. E que não se esquecesse dos quatro cantos do forno, onde muitos ficavam crus. Disse-lhe ainda que, entre uma recarga e outra de lenha, podia ir até os galpões e ajudar ao Mário e ao Gabriel na gradeação.

* * *

Assim que Bruno chegou ao galpão, depois de sentar-se numa pilha de tijolos, Mário lhe disse:

— Uns colonos sem terra acamparam perto da ponte.

— De que lado? — perguntou.

— Do de cá — respondeu o empregado.

— Quando foi isso?

— Há uns dois ou três dias, não sei bem.

— Três — murmurou Gabriel, sem parar de trabalhar.

— E por que não me avisaram antes? — perguntou Bruno, irritado.

— Achei que o senhor soubesse — justificou-se Mário.

— Eu também — disse Gabriel.

— Venham comigo — ordenou Bruno, pondo-se em pé e batendo o fundilho das calças.

Seguiram-no. O oleiro caminhava rápido e bufava. Diante do rancho de lona, Bruno bateu palmas.

— São ciganos — disse Gabriel.

— Ciganos pedem autorização pra acampar, às vezes pagam. Esses aí são colonos que perderam as terras — replicou Mário.

Bruno insistiu com as palmas e depois gritou:

— Ninguém em casa?

Um homem apareceu, surgido da margem do rio. Trazia na mão um caniço e uma latinha de iscas.

— Sou o proprietário — disse Bruno, girando o braço sobre o local em que se encontrava o rancho.

— Desculpe, senhor. Ando à procura de terra pra arrendar.

Atrás do homem surgiram cinco crianças e uma mulher.

— Minha família — disse o colono.

— Já tenho um agregado — falou Bruno, azedo.

— Atrapalha a gente ficar uns dias por aqui, perto do rio? — perguntou a mulher com voz sumida.

— Até amanhã, não. Mas só até amanhã bem cedo.

— Vamos embora hoje mesmo, assim que o sol entrar, o senhor pode ficar tranqüilo. De noite é melhor pra viajar — disse o homem, como que recuperando os fiapos de amor-próprio.

— Vão pra onde? — quis saber Gabriel.

— Pra Encruzilhada Natalino. O governo vai distribuir terra pros acampados — respondeu a mulher.

Bruno convidou os empregados a regressarem à olaria.

— Coitados, acham que o Figueiredo vai resolver o problema deles — comentou o oleiro. — Eu queria estar na Encruzilhada Natalino, só para ver o Exército expulsar eles de lá — continuou.

— Os milicos só não desmancharam o acampamento ainda porque a Pastoral da Terra apóia os colonos — disse Mário.

— É, a Igreja Católica devia era ensinar as mulheres dos colonos a não ter filhos, em vez de ficar provocando os militares. O problema é que tem muita gente e pouca terra — falou Bruno.

Gabriel espichou os olhos no horizonte e pensou no que Erandi lhe dizia, que terra havia, e muita; o que faltava era união entre os miseráveis que vagavam pelo mundo.

2

Era lenta, mas perceptível, a mudança. Apesar de fugir, de não lhe dirigir a palavra, exceto em rápidos e secos cumprimentos, de desviar os olhos quando o fitava, Bruno cedia. Evidente o quanto se debatia e o quanto a queria. Teme quem se sabe incapaz de resistir, pensava Valéria, satisfeita.

Ótimo Luís ter viajado, as chances de tê-lo aumentavam. "Eis a tua oportunidade", Valéria, ouviu-se murmurar diante do espelho. Mulher, a vida é cruel e não repete a oferta. Verônica aproveitou a chance e agora está em Porto Alegre, lutando pelo que quer. E a ti, o que te sobrou? Em breve, tuas outras filhas também encontrarão o seu caminho e estarás só, tendo por companhia a sombra de um marido e uma sogra rabugenta. Valéria, o que te sobrou? Um último suspiro, esse amor insano e mais nada. Vive-o totalmente, mulher.

Verônica teve consciência do que fizera ou agira por instinto? Talvez um dia a filha pudesse compreender a sua resistência ao namoro com Carlos. Era possível que ela a julgasse mal, por tê-la incentivado tanto a partir. Não que a quisesse longe, queria era vê-la realizada. Não podia garantir que casando com Carlos viesse a padecer, mas alguma coisa lhe dizia que, se Verônica ficasse em Pau-d'Arco, seria infeliz. Aquele não era o seu lugar, assim como não é a baia o limite para o cavalo selvagem. Sentiria muito a sua falta, não tinha dúvidas, mas haveriam de trocar longas cartas, e quando ela viesse, nas férias, não teriam tempo para as discussões tolas e as agressões gratuitas.

Apanhou o vidro de esmalte sobre a cômoda. Teve de fazer um grande esforço para desarrochar a tampa, emperrada pelo longo tempo em que o cosmético permanecera esquecido. Nem se recordava da última ocasião que enfeitara as unhas. Soprou a extremidade dos dedos, satisfeita com o resultado, o vermelho intenso contrastava com a pele, realçava-lhe as mãos alongadas, onde as veias se ramificavam como os galhos de uma árvore. Mirou-se no espelho e surpreendeu no fundo de seus olhos negros um lampejo de malícia, a chama do desejo a restituir-lhe a vivacidade de outrora. Escovou os cabelos longamente e pensou que talvez devesse tingi-los, para esconder as mechas grisalhas que a envelheciam além da conta. Sentiu que recuperava o amor-próprio e dos escombros renascia-lhe a vaidade. Sabia que conquistar um homem não passa de um jogo de sutilezas, em que nem sempre os avanços representam vitórias. Enfim, chegara o *seu* momento de atacar, porque Bruno era um fraco, jamais teria a coragem da iniciativa, além de que o tempo avançava alucinado e prenunciava uma solidão ainda maior e mais espessa, depois que a morte o surpreendesse esculpindo, ou lendo, ou fumando sob o eucalipto, ou ouvindo música, ou talvez no próprio leito.

* * *

Bruno descascava batatas no avarandado. Ignorou-o, de propósito.

— Invadiram a terra lá na ponte — ele disse, parando de manejar a faca.

— O quê? — surpreendeu-se Valéria, mais com o fato de ele lhe falar do que pela invasão da propriedade.

— Uma família acampou na beira do rio — continuou Bruno, voltando a descascar as batatas outra vez.

Valéria ficou em silêncio, fitando-o. Ele a olhou também. Ficaram assim alguns segundos, tempo que lhes pareceu infinito. Quem a cobra? Quem o pássaro indefeso?

— Prometeram sair ainda hoje à noite — continuou ele.

— Melhor assim — balbuciou Valéria, quase sem fôlego, sem atinar bem com o que dizia.

— Se amanhã ainda estiverem por lá, meto fogo no rancho.

Valéria riu, incrédula. Sabia-o incapaz de violência. Fosse Luís, já teria expulsado os invasores.

— Não ria, falo sério — disse ele, casmurro.

— Acredito — respondeu Valéria, aproximando-se. Ele continuava inclinado, tirava finas lascas de batata. Súbito, a mão de Valéria avançou para a face do oleiro e afagou-a num longo e intenso carinho.

Bruno fechou os olhos, como que para sentir melhor a carícia na face glabra, ou para não vê-la, indignado com sua volubilidade. Valéria recolheu a mão. O oleiro continuou de olhos fechados. Não quer ver a rameira, pensou a mulher, antes de fugir da varanda.

3

— Nunca gostou de ninguém? — perguntou Gabriel, sentado num tronco de guajuvira.

Erandi afastou-se da boca do forno e veio para junto do companheiro.

— As mulheres não me satisfazem — disse ele, sem desviar os olhos do fogo.

Prefere a cachaça, pensou Gabriel. Erandi estendeu-lhe a garrafa. Gabriel bebeu um gole e a devolveu. O mulato escondeu-a no meio do monte de lenha, porque Bruno a qualquer momento desceria para vistoriar a *queima*.

— Pra quando é o casamento? — perguntou o outro, de chofre.

— Casamento? — indagou Gabriel. — Que casamento?

— O teu, ué... — respondeu o mulato, tornando a buscar a garrafa.

— Tu ficou maluco, nem namorada eu tenho.

— E a Neli?

— É só minha professora, nada mais.

— Então tu pensa que eu vou acreditar nessa história? Acha que eu sou bobo?

— Não quer acreditar, pior pra ti.

— Me diz o que foi que ela já te ensinou, me diz...

— Ih, um montão de coisas. O nome dos rios, das capitais e as datas importantes da História do Brasil.

— Quero ver é se tu sabe a capital de São Paulo...

— É São Paulo.

— Do Amazonas...

— Manaus.

— Onde é que nasce o rio São Francisco?

Gabriel matutou, coçou a cabeça e reconheceu:

— Isso ainda não aprendi.

Erandi riu e bebeu mais um gole de cachaça. Enxugou a boca com a palma da mão e disse:

— Ela é tua namorada e tu ainda não sabe. Um dia vocês vão ver que essa história de estudar é pura desculpa pra ficar junto. Quando isso acontecer, vocês vão mandar à merda os rios e as capitais, vão querer é saber só de vocês dois, nada mais, que o amor não precisa de *abc* nem de livraiada. O amor nasce na gente antes de a gente saber. Tá dentro da gente, como um caroço, dormindo. Tu acha que a fruta sabe que tem uma árvore lá dentro dela?

Gabriel aprendera a gostar do companheiro de ofício. À medida que os dias passavam, a amizade entre eles se aprofundava. À noite, antes de irem para os seus quartos na casa velha, faziam planos. Erandi contava a sua vida; Gabriel, o mais das vezes, ouvia. E quando falava era pouco o que tinha para contar. Não sabia embelezar as coisas passadas. Erandi não, tinha boa lembrança. Faria trinta e sete anos em outubro, há dez trabalhava na olaria. Nascera em Criciumal. Conhecera o pai, mas dele pouco recordava. Fora morto numa cancha de bocha, por causa de um ou dois centímetros de diferença na hora de medir uma jogada duvidosa. Erandi fizera de tudo um pouco, andara em todos os municípios da região. Sonhava em fazer os treze pontos na loteria esportiva e comprar a fábrica do velho. Às vezes, pensava em ir a Novo Hamburgo trabalhar nas fábricas de calçados, porque estava cansado de cortar tijolos.

Tinha parado de falar e olhava agora para as estrelas. Gabriel olhou também. Estava uma noite clara, sem nuvens e sem vento.

— O amor é uma coisa estranha — disse, de repente.

Gabriel pensou em perguntar por que, mas ficou em silêncio, à espera de que o outro continuasse.

— A gente nunca gosta da pessoa certa — disse Erandi.

Gabriel percebeu que havia tristeza na sua voz. Quis indagar de quem era que ele gostava, mas não conseguiu. O outro falou:

— Amanhã vamos farrear no baile de carnaval, que o melhor da vida é a dança e a bebida. Convida a Neli, quem sabe lá no salão, arrastando os pés, vocês descobrem o quanto se gostam.

Gabriel se empolgou:

— Se ela aceitar...

— Aceita sim, não te preocupe. Convida o Mário, que ele leva ela junto.

Erandi bateu na testa, como se lembrasse de alguma coisa de repente, e disse:

— Precisamos ver se aquela gente ainda está acampada perto do rio.

— É mesmo — disse Gabriel e saltou de onde estava sentado.

Andaram uma centena de metros em silêncio, atentos ao caminho mal-iluminado pela lanterna que Erandi segurava na mão direita.

Os sem-terra haviam partido, deixando atrás de si uma clareira de capim amassado e restos de comida e papel.

— Fazemos tijolos e não temos casa — disse Erandi, quando já regressavam a olaria —, e esses plantam o que os outros comem e não têm terra.

— O mundo é assim — disse Gabriel.

— Não, o mundo é assim, mas não precisava ser.

— Não podemos fazer nada — continuou Gabriel.

— Sabe o que eu acho? Que tu é muito mole, tu aceita tudo sem reclamar.

— Reclamar não adianta. As coisas não vão ser diferentes só porque a gente fica se lamuriando.

Encontraram Bruno, que examinava as fornalhas.

— Foram embora — murmurou Erandi.

— Quem? — perguntou o velho, surpreso.

— A família que invadiu a sua terra — continuou Erandi.

— Ah, melhor assim — disse ele.

— Deram no pé — prosseguiu o mulato.

— Vamos carregar de lenha só mais uma vez — disse Bruno —, está quase pronto.

Erandi concordou, o fogo já atingia as últimas fileiras de tijolos empilhados no interior do forno, logo romperia na cobertura.

Gabriel agarrou um tronco de grápia e jogou-o na grelha. Com uma vara, empurrou-o para o centro da fornalha. Repetiu o gesto várias vezes, até encher o canal. Erandi, no outro lado, fizera o mesmo.

Depois, suados, reuniram-se ao velho e sentaram-se também sobre o monte de lenha. O oleiro conferiu a hora. Passava da meia-noite.

— Já é carnaval — disse.

— Rei Momo está solto — falou Erandi.

— Vamos dormir — disse Bruno.

— Daqui a pouco — disse Erandi, pensando na garrafa de cachaça com limão escondida entre os troncos de ipê, guajuvira e grápia.

— Boa noite — disse Bruno.

— Boa noite — responderam os empregados.

Bruno arrastou os pés rumo ao casario. Quando sumiu de vista, Erandi apanhou a garrafa, bebeu um gole, estalou a língua de satisfação e passou-a ao companheiro.

— Estou com sono — disse Gabriel.

— Eu também — respondeu o mulato. — Amanhã a gente bebe e dança até explodir. Sabe, Gabriel, por que eu gosto do carnaval? Porque nesses quatro dias de folia as pessoas deixam de ser hipócritas, são quatro dias em que a verdadeira natureza de cada um vem à tona e a idéia de pecado desaparece da terra. Ah, meu amigo, que beleza seria a vida se ela fosse um eterno carnaval — exclamou ele e começou a rir como um possesso, enquanto subiam pela estrada de chão batido em direção à casa velha.

4

E se a frieza com que recebera a carícia escondesse a paixão que o abrasava? Fechara os olhos, sim, não porque não a quisesse ver, mas para sentir ainda mais o suave toque de seus dedos. Ah, mulher tola e medrosa. *Toericht furchtsam Weib,* como ele próprio lhe dizia, brincando, nas noites de tempestade quando ela revelava o seu profundo temor dos raios e dos ventos.

Um dia inteiro de agonia, passado na expectativa de encontrá-lo, mas ele se enfiara a tarde toda no maldito galpão. O que estaria esculpindo? Com certeza uma miniatura, um pássaro ou besouro. Não, não podia ser. Há muito tempo não saía nenhum objeto pronto daquele lugar. Devia estar trabalhando em algo maior.

Picada pela curiosidade, resolveu investigar. Apurou o ouvido, fazia um silêncio completo. Olga e as meninas dormiam, Bruno descera ao forno.

Olhou para a chave dependurada dentro da cristaleira, ainda indecisa. Ele poderia não perdoá-la pela audácia. Criou coragem e arriscou.

Atravessou o terreiro correndo, chamou os cães pelos nomes, para que não latissem. Errou o buraco da fechadura várias vezes. Tateou com a mão esquerda até encontrá-lo. Abriu a porta e entrou, o coração disparado. Acendeu a luz e deu um grito, abafado na palma da mão. Uma estátua enorme, em pé, com os braços levantados, como se ensaboasse os cabelos; os seios e o ventre nus. As ancas largas, as coxas, a altura da peça, tudo lembrava o seu próprio corpo. Bruno a esculpira conforme a encontrara naquela manhã no banho.

Ficou um longo tempo a se contemplar, extasiada, vaidosa não só porque fora o modelo, mas também porque se sentia amada como nunca o fora. As linhas eram perfeitas, os músculos como que se mexiam. Só então observou que a estátua não tinha rosto. Nesse momento, porque compreendia, enfim, o quanto Bruno a amava, e porque ambos precisavam esconder o amor como se fosse algo abjeto, deixou que as lágrimas viessem. Apagou a luz, arfando, e retornou à casa grande. Entrou na cozinha, bebeu um copo de água no escuro, quase sem fôlego.

5

Bruno retornou a casa, desconfiado com Gabriel e Erandi. Entrou na cozinha, bebeu um copo de água no escuro, quase sem fôlego. A caminhada fora suficiente para prostrá-lo. Frustrou-se, esperava encontrar Valéria acordada, assistindo à televisão. Bobagem, era muito tarde. Melhor que fosse dormir também. Atravessou a sala pisando leve, contornando as cadeiras espalhadas por ali. Alcançou o quarto sem topar em nada. Ainda vestido, deitou-se.

Ficou um tempo interminável pensando, enquanto o sono não vinha. Setenta anos, *herr* Stein. Os anos passaram velozes, somaram-se, e caíram, como folhas de um velho carvalho, no vazio. Ainda ontem lutavas para constituir um pequeno capital porque sabias que só os proprietários podem dizer que são livres. Ainda ontem, comprar um pedaço de terra próximo à cidade era o teu sonho, *herr* Stein. Sonho também a instalação da fábrica. Tanto a polia do amassador girou que acabou por transformar em vento e bruma os teus muitos anos. E quando acreditavas poder descansar, ler os teus livros e ouvir as tuas músicas sem outra preocupação exceto o próprio devir, te explode essa paixão, esse quase retorno à adolescência. Uma paixão diferente das que tivera na juventude, e muito mais intensa. Porque proibida, talvez. Ou porque prenunciava o fim de sua vida, que, suspeitava, não passara de um grande equívoco.

Certo de que não dormiria mais, levantou-se. No avarandado, conferiu a hora. Quase uma da manhã. Resolveu ir até o forno, para passar o tempo.

* * *

Ao descer ao pátio, viu a fogueira. As chamas haviam explodido acima da fila de tijolos de proteção e consumiam já o madeirame da cobertura. Deteve-se diante da casa velha, pensou acordar os empregados. Mas o que é que eles poderiam fazer? Nada. Agora era tarde, mais nada havia para se fazer. Preferiu ver o espetáculo sozinho. Caminhou sem pressa, mirando as labaredas. Os travessões que sustentavam o zinco estalavam, o metal se retorcia. Chegou a tempo de ver de perto tudo despencar. Olhou para o céu em busca de nuvens. Ainda bem, estava firme. Se chovesse agora sobre os tijolos quentes, o prejuízo seria enorme. Não era a primeira vez que a cobertura incendiava, mas pela primeira vez assistia a tudo impassível, como se nada tivesse a ver com aquilo.

Ficou alguns minutos vendo as línguas de fogo recortadas contra o escuro da noite, como se dançassem, e, depois, virou as costas.

Ao subir a escadinha da varanda, encontrou Valéria. Sequer falaram, e nem era preciso. Bruno entrou no gabinete, Valéria o seguiu. A mulher tremia e teve de escorar-se para permanecer de pé. Mais que ouvir, sentiu o deslocamento de ar provocado pela porta ao ser fechada. Bruno aproximou-se com os braços estendidos e a envolveu. Valéria comprimiu-se contra o corpo do oleiro, enquanto as bocas se buscavam com desespero e as línguas se contorciam frenéticas. Ao senti-la nua sob a camisola, ele deslocou as alças para as extremidades dos ombros, permitindo que o tecido deslizasse pelos seus quadris. Apalpou-lhe a pele eriçada, excitado. Tirou também a roupa e deixou as línguas de fogo percorrerem o seu corpo, nesse outro e mais completo incêndio.

6

Gabriel acordou com os latidos dos cães, arregalou os olhos no escuro e teve a absoluta certeza de que o Maldito o fitava pelas frestas das folhas da janela e, sorrindo, lhe dizia, cavernoso:

— Vem, vem.

Então gritou, desesperado, porque sentiu no corpo as garras do demônio.

Erandi, que acordara com os gemidos do companheiro ainda antes de ele se livrar do pesadelo, levantou. Ao ouvir o grito angustiado, saiu do quarto.

— Ficou louco? — perguntou, enfiando a cabeça através do vão da porta.

— Ai — assustou-se Gabriel.

— Sou eu, rapaz — resmungou o outro.

— O diabo — disse Gabriel —, o diabo me agarrou

— Besteira, o diabo não existe.

— Me agarrou — insistiu o outro. — Sonhei com ele. Acordei e ouvi o uivo dele no pátio. Depois, ele me agarrou.

— É só impressão tua, o diabo não existe.

— Existe, Erandi, é claro que existe. Ele anda rondando por aí, escuta.

Um dos cães latia.

— É ele — disse Gabriel, encolhendo-se no catre.

— É o Rex, conheço o latido dele.

Ouviu-se então uma voz, estridente, sem que se pudesse identificar o que dizia, e o latir dos outros cães.

— Ouve — insistiu Gabriel.

Erandi abriu a janela, reconheceu a voz do bêbado.

— É o Arno Wolf, de porre. Tá vindo da vila.

— É o diabo, Erandi.

— Diabo coisa nenhuma.

— Tenho medo, Erandi.

— Deixa de ser bobo, o diabo é muriçoca na cabeça da gente, só existe no pensamento.

Ouviu-se novamente a voz de Arno Wolf, agora com nitidez:

— Uma valsa para Bruno Stein.

E depois escutaram apenas o assovio e o arrastar de alpargatas pelo chão de terra.

— Viu? Era só o teu futuro sogro fazendo escândalo — disse Erandi, rindo.

— Tem certeza — perguntou Gabriel, um pouco mais tranqüilo — de que o diabo não existe?

7

Valéria deixou o gabinete e recolheu-se ao quarto, acendeu a luz e surpreendeu-se no espelho, sorrindo. Nenhum traço de melancolia ou arrependimento a deformar-lhe o rosto, apenas a perplexidade. Algum tempo depois, tempo que seria incapaz de determinar, era como se os astros tivessem parado no firmamento, apagou a luz, deitou, sem se masturbar como de hábito, e mergulhou num sono pesado e profundo.

Bruno, no gabinete, cheirava as próprias mãos, as mãos que ainda estavam úmidas do sexo morno de Valéria. A lassidão espraiava-se pelas suas pernas, tronco e membros, mas o cérebro resistia. Queria prolongar o prazer, reviver a intensidade dos poucos minutos que a tivera nos braços, mas o cansaço estava ganhando a batalha.

Teria adormecido, não fossem os latidos raivosos dos cães. Supondo tratar-se de Gabriel outra vez, e amaldiçoando sua falta de cuidado, vestiu-se e saiu do gabinete. Os animais rosnaram, agressivos e inquietos.

— Rex, Tom, Lessie — disse o oleiro e desceu os degraus da escada.

Os cães se aquietaram, farejaram o ar quente de fevereiro e puseram-se a circular ao redor de Bruno. De repente, um sonido atravessou a noite, um som de compassos bem marcados. Reconheceu a valsa, a mesma que o pai arrancava do violino em seus intermináveis ensaios. Ergueu a cabeça, e de igual modo os cães o fizeram. Bruno teria empinado também as orelhas, se pudesse. Limitou-se, contudo, a se virar para a direita, na direção do vento, porque aquele era o ouvido melhor. Sentiu os pêlos do corpo em pé, como num calafrio, e o coração disparou.

— Uma valsa para Bruno Stein — exclamou uma voz arrastada.

Bruno recordou-se do pesadelo, a prolongada mesura do pai, o arco agitado freneticamente, o som furando-lhe os tímpanos, a mãe, sem os olhos nas órbitas, convidando-o para dançar.

Tomado de pânico, na iminência de um infarto, escorou-se à cerca, onde os chuchus dependuravam-se nos fios do arame trançado.

— Uma valsa para Bruno Stein — tornou a resmungar a voz empastada.

É o bêbado, pensou o oleiro com alegria, recobrando-se do susto. Sentiu vontade de atiçar os cães contra o impertinente, mas deixou-o ir-se. Arno Wolf, retomando o assovio da valsa, cambaleou rumo à olaria, onde pretendia passar a noite, porque sabia que Almerinda não o deixaria entrar em casa naquelas condições.

Bruno voltou ao avarandado, com as pernas ainda trêmulas, mas já se ria da tolice de supor que o pai pudesse ter vindo buscá-lo.

* * *

Depois de urinar e fitar a Via-Láctea por um bom tempo, entrou na casa. Ao passar diante do televisor, deteve-se. Aquele olho no ventre da noite parecia fitá-lo, distante e frio. Encarou-o, como se o desafiasse. Então, resoluto, caminhou na sua direção e o ligou. A luz azulada espalhou-se pela sala, dando às paredes e móveis uma luminosidade fantasmagórica. Manteve o som quase inaudível. Na tela, sucediam-se as imagens de um baile de carnaval, mulatas rebolavam fartos quadris, as nádegas expostas, suadas; casais se beijavam; outros, pulavam em círculos, como um bando de macacos. Devia desligar aquele maldito televisor, destruí-lo, como fizera Deus com Sodoma e Gomorra, mas não conseguia abandonar o sofá em que se deixara derrear, magnetizado pela sensualidade dos requebros das mulheres, pelo movimento incessante dos corpos molhados, desculpando-se com a alegação íntima de que talvez pudesse ver a neta a se divertir no meio do salão.

Sem o saber, Bruno Stein acabava de acrescentar mais um prazer a sua já longa e atribulada existência.

Sobre o autor

Charles Kiefer nasceu em Três de Maio, uma pequena cidade do interior do Rio Grande do Sul, em 1958. Foi jornalista, mas abandonou a profissão. É professor de literatura e instrutor de oficinas literárias. Fez mestrado em Literatura Brasileira e doutorado em Teoria da Literatura, pela PUCRS. Lançou o primeiro livro em 1977, mas tratou de retirá-lo de circulação, bem como os dois que se seguiram, publicados em 1978, por considerá-los de pouca qualidade. Em 1982, lançou a novela infanto-juvenil *Caminhando na chuva*, que já teve dezoito edições, e que o próprio autor chama de *seu primeiro livro*. Em três décadas, publicou mais de 30 títulos, que lhe valeram três prêmios Jabutis, da Câmara Brasileira do Livro, o Prêmio Afonso Arinos, da Academia Brasileira de Letras, o Prêmio Monteiro Lobato e o Prêmio Altamente Recomendável, ambos da Fundação Nacional do

Livro Infantil e Juvenil, o Prêmio Octávio de Faria e o Prêmio Guararapes, ambos da União Brasileira de Escritores, entre muitos outros. Participou do International Writing Program, da Universidade de Iowa, nos Estados Unidos, e da International Writers Colony, em Ghent, NY. Fez parte de dezenas de antologias brasileiras e tem publicações em francês e espanhol. Dentre seus livros de ficção, destacam-se *O pêndulo do relógio*, *A dentadura postiça*, *Dedos de pianista*, *Quem faz gemer a terra*, *O escorpião da sexta-feira*, *Nós, os que inventamos a eternidade & Outras histórias insólitas*, *O perdedor*, *Contos escolares*, *O poncho*, *Antologia pessoal*, *O elo perdido*, *Os ossos da noiva*, *Um outro olhar*, *A face do abismo*. Além disso, publicou livros de ensaios e poemas. Considera o seu ingresso na Editora Record um renascimento literário.

Este livro foi composto na tipologia Usherwood Book,
em corpo 11,5/16, e impresso em papel off-white
80g/m², no Sistema Cameron da Divisão Gráfica
da Distribuidora Record.